CONTES ET SOUVENIRS DE MON PAYS

Albert Cim

À Gabrielle Prince

ma gentille petite voisine

de la rue du Tribel, de Bar-le-Duc.

Ces contes et souvenirs de notre cher pays meusien sont dediés.

ALBERT CIM.

Mon petit chien Fidelis

J'avais dix ans lorsque la mort du curé de notre paroisse, du bon abbé Montardey, me fit héritier et propriétaire de son chien, un petit lévrier noir comme un corbeau, à qui il avait donné le nom latin de *Fidelis* – Fidèle en français – que j'eus soin de lui conserver.

Tout d'abord, c'était à la servante de M. Montardey, à Mlle Catherine, que Fidelis était échu en partage ; mais Catherine jugea le cadeau trop gênant pour elle.

« Un animal qu'il faut nourrir, surveiller, avoir toujours à ses côtés, pour lequel il faut payer des impositions, ce qui est le comble !

– C'est peu de chose, ces impositions.

– Et puis, il faut vous dire, mam'zelle Victorine, j'ai l'intention de me retirer dans mon village. Que ferais-je ici, à Bar, maintenant que notre pauvre cher monsieur le curé n'est plus ? Je ne peux songer à me replacer : je suis trop vieille. J'ai acheté une petite maison à Haironville, mon pays natal...

– Oui, vous me l'avez dit. Et une très jolie maison, paraît-il.

– Oh ! ce n'est pas riche, c'est loin d'être un palais ! Ce n'est qu'une chaumière, mais située au bon air, tout entourée d'arbres, tapissée de verdure, avec un grand pré par derrière pour mes deux vaches, car j'ai aussi deux vaches. Je vivrai là tranquille avec ma sœur Pélagie, dont le mari vient précisément d'avoir sa retraite.

– M. Berniquet, le facteur rural, le facteur de Saudrupt, si je ne me trompe ?

– C'est cela même, mam'zelle Victorine. Depuis trente-sept ans qu'il use ses souliers sur les routes et grimpe et descend tous les jours les côtes – et Dieu sait s'il y en a de fameuses dans ce pays-là ! – il a bien le droit de se reposer, lui aussi, n'est-ce pas donc ?

– Certainement. Un bien digne homme, votre beau-frère, ajouta ma tante. Il est très aimé dans tous les alentours de Saudrupt.

– Oui, mam'zelle, et je ne doute pas d'être heureuse auprès de ma sœur et de lui. Or, imaginez-vous, ils possèdent justement un chien de garde, un magnifique terre-neuve, appelé Carabi. C'est assez d'un !

– Soit ! Je comprends. Mais, objecta ma tante, ne pourriez-vous confier Fidelis à votre neveu ?

– À « not' Elphège » ? Il a bien d'autres choses à faire, d'autres chiens à fouetter, c'est le cas de le dire, que de s'occuper de celui-là ! Vous savez, mam'zelle Victorine, qu'Elphège vient d'entrer en apprentissage chez M. Forgeot, le sculpteur ?

– Je sais, Catherine ; mais cela ne l'empêcherait pas...

– Puis, je dois vous l'avouer, il n'aime pas les chiens, not' Elphège, celui-là en particulier : il le trouve capricieux, paresseux, gourmand, ah ! gourmand ! »

C'était lui-même, mais sans comparaison, un singulier type que mon camarade Elphège Courtelot. Je dis : mon camarade, bien qu'il fût mon aîné de plusieurs années. Mais, quoique vigoureux de corps, grand, élancé, bien découplé, Elphège avait comme l'esprit en retard, l'intelligence comprimée et mal éveillée. Il bégayait, en outre, et ce défaut n'était sans doute pas étranger à ces lenteurs de compréhension et de jugement.

L'abbé Montardey s'était de son mieux efforcé de remédier à ce vice de prononciation. Il avait conduit Elphège à Paris, l'avait fait examiner et traiter par des médecins spécialistes, mais sans le moindre résultat : le neveu de Mlle Catherine bégayait toujours et de plus belle.

Ce bégaiement présentait deux particularités curieuses, et qui, assure-t-on, sont assez fréquentes chez les personnes affligées de cette infirmité.

Elphège Courtelot, quand il chantait, – et il avait une très belle voix, à tel point que, les jours de fête, M. le curé le faisait « chanter aux orgues » avec le fils de l'organiste, M. Serval, un ex-élève du Conservatoire, – cessait de bégayer : ses hésitations et embarras de langue ne se produisaient que lorsqu'il parlait ; et, plus il était ému et pressé de parler, moins il parvenait à s'exprimer, plus sa langue résistait, s'alourdissait et se paralysait.

Aussi arrivait-il parfois que Mlle Catherine ou M. le curé, en voyant Elphège ainsi ânonner et barguigner, lui suggérait l'idée de chanter pour se faire comprendre. Il entonnait alors sur un air quelconque ce qu'il avait à dire, et les mots lui sortaient des lèvres sans aucune difficulté et coulaient de source.

Je me souviens qu'un dimanche matin, après la messe, ma grand'mère m'ayant envoyé porter une corbeille de fruits, de nos belles reines-claudes, à M. le curé, qui avait justement ce jour-là du monde à déjeuner, je fus témoins d'une scène bien drôle et qui amène encore le rire dans mes yeux, quand je me la représente.

Occupée aux préparatifs du festin, Catherine allait, venait, se démenait dans sa cuisine, et était, comme on dit, dans tous ses états.

« Aide-moi donc un peu ! Rends-toi utile ! criait-elle à Elphège. Tiens, descends vite à la cave, et va tirer le vin.

– Ou... ou... oui, ma... ma... ma tante ! »

Il se munit du panier à bouteilles et partit au galop.

J'allais me retirer, dans la crainte très plausible de gêner Catherine, quand survint M. l'abbé Hériot, le premier vicaire, qui m'arrêta pour me demander des nouvelles de ma grand'mère.

Il était en train de me faire son éloge, de me parler de sa proverbiale charité, de son dévouement envers tous les malheureux de la paroisse, lorsque soudain nous vîmes accourir Elphège tout essoufflé, haletant, bouleversé.

« Ma... ma... ma... ma tante ! Le... le... le... ro... ro... ro... ro...

– Chante donc, nigaud ! Chante, puisque tu ne peux pas parler ! » interrompit Catherine avec impatience.

Immédiatement Elphège obéit, et voici ce que nous entendîmes fredonné sur l'air de : *Il pleut, il pleut, bergère* :

Catherine se débarrassa donc de Fidelis en l'offrant à ma tante Victorine, qui, à défaut d'Elphège, l'accepta sans se faire prier davantage. Elle aurait eu trop gros cœur de voir errer à travers les rues de notre ville de Bar, abandonné de tous, sans pâtée et sans niche, le chien de notre défunt pasteur.

Ma tante Toto demeurait, ainsi que moi, chez ma grand'mère, dans notre vieille maison de la rue du Tribel, proche du chevet de l'église Saint-Étienne, et, un soir d'avril, en revenant de la prière, elle nous arriva, suivie tant bien que mal de M. Fidelis.

« J'ai pensé à toi, m'annonça-t-elle. C'est pour toi, ce petit chien-là. »

À l'opposé d'Elphège, je raffolais des chiens, et ce fut par un cri de joie que je répondis à ma tante.

« Quel bonheur ! Moi qui en désirais un depuis si longtemps ! Oh ! merci, merci, Toto !

– Oui, mais c'est à une condition !

– Laquelle ?

– Nous n'aurons pas à nous occuper de cet animal. Toi seul en auras la garde, seras chargé de le promener, de le soigner...

– Et je te promets qu'il le sera, soigné ! Tu verras, Toto, tu verras ! »

J'étais dans le ravissement, et, sur-le-champ, je m'appliquai à me montrer digne de la preuve de confiance qui m'était donnée, à remplir de mon mieux mon rôle de protecteur et de maître.

Malheureusement, en dépit de son nom, Fidelis était bien le moins constant, le moins reconnaissant, le plus « infidèle » et le plus ingrat de tous les lévriers, voire de tous les représentants passés et actuels de la race canine.

Ainsi que l'avait remarqué et déclaré Elphège Courtelot, il

n'obéissait qu'à un seul penchant : la gourmandise.

Comme nous ne menions pas grand train chez nous, qui vivions surtout de laitage, d'œufs et de légumes, et que la viande était son régal, à lui, il ne tarda pas à connaître les bonnes maisons du quartier, celles où l'on faisait grasse et copieuse chère, et à s'y faufiler et s'y implanter.

Petit à petit, il nous délaissa de la sorte, s'installa chez nos voisins les Marson ou les Baudelot : j'avais beau le rappeler, beau crier et beau faire ; il m'échappait toujours.

« Fais donc attention à Fidelis !

– Mais, ma tante, ce n'est pas ma faute...

– Il est défendu de laisser les chiens errer dans les rues en ce moment : il y en a d'enragés ; si le nôtre – le tien – est rencontré par la police, il risque fort d'être conduit à la fourrière. »

C'est ce qui finit par lui advenir un jour d'été.

Frédéric de Marson, qui achevait alors ses classes au lycée, ayant eu vent de la chose, s'empressa d'aller réclamer M. Fidelis et le ramena à ma grand'mère. Mais elle refusa de le reprendre, alléguant ma continuelle négligence et mon incurie notoire.

« Puisque tu as eu la complaisance de te déranger tout exprès pour ce chien, je t'en fais cadeau, dit-elle à Frédéric. Il est d'ailleurs continuellement chez vous, bien plus à vous qu'à moi...

– C'est vrai, madame Curel.

– Eh bien ! garde-le tout à fait, Frédot ! »

Mais, avant de se séparer de nous, M. Fidelis fut le héros d'une aventure que je veux vous conter.

Mon infidèle Fidelis se montrait très familier avec tout le monde. Volontiers il allait flairer les jambes des passants, les suivait, les cajolait, comme s'il eût attendu d'eux quelque aubaine. Apercevait-il une porte ouverte ? Vite il entrait, pour voir sans doute s'il n'y avait rien à croquer, lécher ou ronger par là.

À l'extrémité de notre rue du Tribel, près de la terrasse dite des Grangettes, habitait à cette époque un officier en retraite, M. le commandant Péchoin, qui vivait très retiré, et sortait à peine. Je me souviens cependant de l'avoir deux ou trois fois rencontré, et je me rappelle encore ses longues redingotes noires, à la boutonnière ornée d'un large ruban rouge, et surtout sa haute taille, une taille exceptionnelle et vraiment gigantesque.

M. Péchoin avait un ami, un ancien compagnon d'armes, le commandant Berlurot, qui, étant devenu sourd, avait, lui aussi, pris sa retraite, et s'était installé dans une propriété qu'il possédait aux environs de Nancy.

Il y avait cinq ans que ces deux braves ne s'étaient vus, quand une affaire de succession appela M. Berlurot à Paris ; il écrivit sur-le-champ à son ami Péchoin qu'il profiterait de ce voyage pour s'arrêter à Bar-le-Duc entre deux trains : – « le temps de te serrer la main, mon bon vieux ! »

M. Péchoin de répondre aussitôt que cela ne suffisait pas, et qu'on renouvellerait bien mieux connaissance à table.

« Tu arrives justement à onze heures, l'heure du déjeuner : je compte sur toi sans faute. »

Au jour fixé et à l'heure dite, le commandant Berlurot arrivait à Bar, et se dirigeait vers la rue du Tribel et les Grangettes, au sommet de la Ville-Haute.

Il venait d'atteindre la demeure de M. Péchoin, et allait tirer le pied de biche de la sonnette, lorsque mon petit chien Fidelis, qui rôdait dans ces parages, s'approcha gentiment de ce visiteur en sautillant, se courbant et dodelinant de la tête, comme pour le saluer et lui faire bon accueil.

M. Berlurot répondit à ces avances par quelques caresses :

« Ah ! le bon toutou ! comme il est gentil ! »

Et ils étaient déjà tous les deux dans les meilleurs termes, quand Fanchette, la servante de M. Péchoin, accourut ouvrir la porte.

Fidelis, selon la coutume de ses pareils, eut soin d'entrer le premier, et le commandant Berlurot ne douta pas un seul instant que ce chien n'appartînt à l'ami Péchoin.

Celui-ci, de son côté, ainsi que sa domestique, ayant vu M. Berlurot arriver en compagnie de ce petit lévrier noir, furent convaincus qu'il en était le maître.

Quant à Fidelis, comme il flairait partout autour de lui de tièdes et délicieuses émanations, les irrésistibles fumets d'un plantureux festin, il n'avait garde de demander à s'en aller ; au contraire, il attendait avec la plus vive impatience le moment de prendre part au régal.

Il arriva, ce bienheureux moment ; et voilà mon Fidelis assis sur ses pattes de derrière, tout près de la table, aux pieds des deux convives, et les regardant tour à tour d'un œil avide, anxieux, suppliant...

M. Berlurot, le premier, se laissa attendrir.

« Cela fera plaisir à Péchoin, pensa-t-il ; cela lui prouvera que je m'intéresse à son chien : il a l'air de tant l'aimer ! »

Et il passa à Fidelis l'os de sa côtelette.

Un instant après, Fidelis, ayant croqué et expédié cet os, reprit sa place et renouvela ses muettes, mais éloquentes supplications.

« Tiens, mon toutou ! » dit M. Péchoin, en lui présentant à son tour les restes de sa côtelette.

« Cela fera plaisir à Berlurot, ajouta-t-il en lui-même. Il faut qu'il soit positivement entiché de son chien pour l'emmener ainsi avec lui en voyage, le traîner partout !... C'est cependant bien incommode en chemin de fer !... »

Aux débris de côtelette succédèrent des os de poulet, des morceaux de pain trempés dans la sauce, voire des languettes de viande, quantité de succulents reliefs, dont l'insatiable et fortuné Fidelis se délectait et se pourléchait.

Jamais il ne s'était trouvé à pareille fête.

À mesure qu'il se voyait ainsi bien traité, il s'enhardissait, devenait plus quémandeur et plus entreprenant. Il ne se bornait plus à implorer du regard ses *deux maîtres* ; il allait de l'un à l'autre, du bout de sa patte leur grattait le mollet, ou bien se dressait contre leurs jambes, s'appuyait sur leurs genoux, afin de se rappeler sans relâche à leur généreux et compatissant souvenir.

C'est ce qui le perdit : qui veut trop avoir...

« Allons, à bas ! à bas ! » finit par crier le commandant Péchoin.

Et comme Fidelis ne tenait pas compte de l'injonction et continuait à se hausser et à manœuvrer la patte :

« À bas ! reprit le commandant. Eh mais ! il est bien familier, ton chien !

– Tu dis ? demanda M. Berlurot, qui avait toujours l'oreille dure.

– Je dis que tu as bien mal élevé ton chien.

– Quel chien ? Je n'en ai pas ! riposta l'ami Berlurot en écarquillant les yeux.

– Eh bien... et celui-ci ? fit M. Péchoin en indiquant Fidelis.

– C'est le tien !

– Mais non, il n'est pas à moi ! Il est entré avec toi... Je l'ai bien vu ! Comment ! Il ne t'appartient pas ?

– Pas du tout ! Je croyais qu'il était à toi ! »

Sans plus discourir, M. Péchoin se leva, allongea un vigoureux coup de pied à cet intrus de Fidelis, et le chassa à coups de serviette hors de la maison.

« Ouste ! Ouste ! À la porte ! S'introduire comme ça... C'est un peu violent ! Effronté ! Vilaine bête ! Allons, dehors ! Ouste ! »

Tout en rampant et en s'enfuyant, Fidelis dut se dire qu'on ne peut jamais se fier aux hommes, qu'ils changent d'opinions et de manières vraiment sans rime ni raison, tournent à tout vent comme des girouettes.

Mais qu'importe ! Il était repu à éclater, avait merveilleusement déjeuné.

Le bon Maginot

Rencontre imprévue

Alfred Maginot – un des plus obligeants, des plus dévoués et des meilleurs de mes camarades du lycée de Bar-le-Duc – passait pour n'avoir pas de chance, et était journellement victime de quelque accident ou de quelque mystification. Sans cesse, il lui arrivait des aventures ou mésaventures, à ce bon Maginot.

Un jour, une après-midi de jeudi, voulant franchir une haute palissade qui bordait le canal, il prit si mal ses mesures qu'il s'accrocha par l'extrémité de son pantalon au sommet d'un des pieux de cette palissade, et demeura ainsi suspendu, la tête en bas, les jambes en l'air, jusqu'à ce qu'un passant survînt – les passants étaient peu fréquents dans ces parages – et le tirât de cette très critique position.

Une autre fois, comme il pêchait à la ligne dans ce même canal, près du pont-levis de Triby, je ne sais comment il fit son compte, mais, en lançant sa ligne, il réussit à se lancer en même temps qu'elle dans le canal, et, sans le père Kessler, le pontier, qui accourut à ses cris, Maginot n'en serait très probablement pas sorti vivant.

Une autre fois encore, il devait assister au mariage d'un de ses parents, à Vitry-le-François ; il s'endormit durant le trajet, dans son coin de wagon, et ne se réveilla qu'à Château-Thierry, ce qui l'empêcha de prendre part à cette fête de famille, où il devait, je crois bien, remplir le rôle de garçon d'honneur.

Enfin, continuellement et partout, ce pauvre Maginot n'effectuait rien comme tout le monde et était le héros de contretemps ou de catastrophes.

Ajoutez à cela que Maginot, peut-être même précisément à cause de sa bonté et de sa douceur, était très fréquemment en butte à nos malices et à nos farces, et nous servait – il faut bien l'avouer, hélas ! – de souffre-douleur et de « tête de Turc ».

Je me souviens encore du mauvais tour que lui joua un de ses voisins de classe, Edmond Garnier.

Maginot portait, ce jour-là, des bottines neuves ; gêné par l'une d'elles, qui était trop étroite, il ne put résister à l'envie de l'ôter, et d'alléger ainsi sa souffrance. C'était en été, durant une leçon d'histoire de M. Jamont. Garnier ayant aperçu sous la table cette bottine vide, isolée et comme égarée, se baissa, la ramassa, et... On ne sut jamais bien exactement ce qu'elle devint et par où elle s'envola. Comme la fenêtre de la classe était ouverte, il paraît à peu près certain que ladite bottine fut lancée dans la rue.

Tant il y a qu'au roulement de tambour annonçant la fin de la séance et l'heure de la sortie, Maginot voulut se rechausser et ne trouva plus...

« Oh ! ! ! »

Ce fut toute une affaire, et qui se termina – lorsqu'on eut procuré à Maginot le moyen de rentrer chez lui autrement qu'à cloche-pied – par des éclats de rire et par cette singulière question que lui décocha un élève de seconde-sciences, Noël Toussaint, un des plus espiègles de la bande :

« Mais d'abord es-tu bien sûr que tu l'avais au pied en arrivant, ta bottine ? Es-tu bien sûr d'être venu avec ? »

C'est ce même Noël Toussaint, appelé vulgairement Nono, et célèbre alors par ses facéties et diableries, qui obligea une autre fois Alfred Maginot à traverser toute la ville vêtu d'une longue blouse sale et coiffé d'un chapeau à haute forme.

Voici comment.

Maginot, qui, à seize ans, possédait déjà la taille d'un homme, avait été jugé digne par sa mère de porter des chapeaux d'homme, et il ne sortait plus qu'en couvre-chef de cérémonie, en « haute forme » de soie, bien lissé, luisant, éblouissant et superbe.

Ah ! les prématurés « tuyaux de poêle », les gigantesques « tromblons » d'Alfred Maginot, à combien de tours, de niches et de plaisanteries ils ont donné lieu ! Ils ont fait nos délices, en ce temps-là !

Maginot et Toussaint se destinaient tous les deux à l'École Centrale, et chaque jeudi matin ils allaient prendre une leçon de dessin linéaire et de lavis chez M. Rauch, le professeur du lycée et des cours industriels, alors domicilié rue d'Entre-Deux-Ponts. Cette leçon durait trois heures, de neuf heures à midi, et, pour ne pas tacher leurs vêtements avec l'encre de Chine, le bleu de Prusse, la gomme-gutte ou le carmin, nos futurs ingénieurs enlevaient jaquettes ou vestons, et s'affublaient d'amples blouses grises, qu'ils laissaient chez M. Rauch, et qui finissaient par être zébrées de coups de pinceaux ou de tire-lignes, tigrées de toutes les couleurs, dans le plus étrange et le plus pitoyable état.

Un jour, sous prétexte qu'il y avait du monde à déjeuner chez lui et qu'on l'attendait, Nono Toussaint abrégea la séance et partit à onze heures et demie, en emportant la jaquette de son condisciple. Quand ce dernier voulut s'en aller à son tour et tout d'abord reprendre son vêtement de ville, il eut beau chercher et fouiller partout...

Plus de jaquette !

Il lui fallut se mettre en route tel quel, suivre la rue d'Entre-Deux-Ponts, la plus fréquentée de Bar, surtout à cette heure de midi, où les ouvriers quittent les usines et ateliers ; longer toute la rue Rousseau, gravir la côte de l'Horloge et la rue des Ducs... Et tout le monde le regardait, le dévisageait.

« Nous ne sommes cependant pas déjà en carnaval ! » se disait-on.

Des gamins, une troupe de polissons, lui avaient emboîté le pas et chantaient en chœur :

Mardi gras,
N't'en va pas !
Mardi gras !

D'autres ajoutaient à ce refrain des locutions du pays, d'ironiques exclamations :

« Ô lequel ! ô lequel ! »

Et Nono Toussaint, embusqué tantôt ici, tantôt plus loin, jouissait du spectacle, le savourait en passionné dilettante, en gourmet connaisseur et génial inventeur.

Mais le plus mémorable épisode de la jeunesse de ce bon Maginot fut certainement la rencontre qu'il fit dans les bois de Véel, un jeudi du mois de mai, en compagnie de son inséparable camarade Nono Toussaint.

Les ours n'abondent pas dans nos forêts de l'Argonne et du Barrois, pas plus que dans toute la Champagne et la Lorraine ; je ne pense pas que, de mémoire d'homme, on ait jamais constaté la présence d'un de ces redoutables plantigrades en ces contrées, où les loups mêmes deviennent de plus en plus rares. Alfred Maginot, lui, trouva moyen d'en rencontrer un, un ours véritable, bien vivant, perché sur un chêne des bois de Véel, à une portée de fusil des dernières maisons de Bar.

Maginot avait passé l'après-midi à jouer aux quilles avec Toussaint dans un jardin que son grand-père possédait au-dessus des vignes de Caurotte, et tous deux s'en revenaient par les bois, comptant regagner la route par la rapide descente de la côte Morée, lorsque, non loin de cette côte, ils aperçurent une grosse masse noire qui se balançait dans les branches d'un arbre.

« Qu'est-ce que c'est que cela ? »

À leur approche, cette masse noire, ce fantastique animal, avait cessé de se mouvoir et s'était mis à les considérer.

« Mais c'est un ours ! » s'exclamèrent-ils ensemble.

Et les voilà de prendre, comme on dit, leurs jambes à leur cou et de dévaler la côte au triple galop, en criant : « Au secours ! Au secours ! »

Plus grand, mieux découplé et plus dégagé que son camarade, Nono Toussaint eut bientôt distancé Maginot, qui, selon sa constante habitude, jouait de malheur.

L'ours, en effet, n'avait pas voulu laisser partir ces promeneurs sans présenter ses civilités à l'un des deux tout au moins ; il s'était lancé à leur poursuite, et l'infortuné Maginot le sentait déjà sur ses talons.

Pour comble, il trébucha soudain contre une pierre et alla choir de tout son long dans le fossé.

C'était le cas de suivre l'exemple d'un de ces chasseurs d'ours célébrés par La Fontaine, de ce compagnon qui,

... plus froid que n'est un marbre,

Mais Maginot, qui possédait cependant mieux qu'aucun de nous ses fables de La Fontaine et de Florian, et avait obtenu deux années de suite le premier de récitation, ne songeait guère alors à se remémorer ces sages conseils. Il s'était remis debout, tout anxieux, tout tremblant, s'était adossé au talus, et quoique ne pouvant plus échapper aux attaques de l'ours, il avait machinalement, comme pour s'en garer, levé son bras, qui était armé d'une forte canne.

À ce geste, l'ours s'arrêta net, se dressa sur ses pattes de derrière et se mit à danser.

Maginot, dont l'effroi commençait à faire place à l'ébahissement, laissa retomber son bras, et l'ours aussitôt de cesser sa valse et de se remettre à quatre pattes.

C'était un ours apprivoisé, un ours savant !

Il suffisait de lever la canne pour le voir se lever lui-même immédiatement et se livrer à des ébats chorégraphiques, interrompus dès que la canne s'abaissait.

Parvenu au bas de la côte, à l'angle de la grand'route, Nono Toussaint se retourna pour se rendre compte du sort de son malheureux camarade.

Jugez de sa stupeur : Maginot marchait à reculons, brandissant sa canne, comme un tambour-major, devant maître Martin, qui s'avançait en se dandinant, tournant sur lui-même de distance en distance, ou s'inclinant, puis se redressant et se rengorgeant.

Ainsi escortés de cette plaisante bête, Toussaint et Maginot arrivèrent devant le bureau de l'octroi.

En les apercevant, l'employé sortit de son poste :

« C'est l'ours des Lamberti ! s'écria-t-il. On le cherche partout !

– Je l'ai trouvé là-haut, dans les bois, répliqua Maginot tout fier et radieux. Il n'est pas méchant, n'ayez pas peur ! Nous sommes déjà comme une paire d'amis nous deux !

– Ah ! c'est au théâtre des Lamberti qu'il appartient ? fit Nono.

– Oui ; ils sont venus de Saint-Dizier pour prendre part à la foire de la Pentecôte, et, en débarquant sur la place, ce matin, ils ont constaté la disparition de leur ours, dont la cage était mal fermée. Ils ont aussitôt avisé la police, et tout à l'heure, j'entendais le père Sans-Façon, le tambour de ville, annoncer la chose et recommander aux habitants de faire attention. Deux des frères Lamberti sont même passés devant mon bureau, il y a un moment... Tenez ! je les aperçois encore dans les vignes, là-haut... Les voyez-vous ? Ils sont toujours en quête de leur pensionnaire. »

Et le préposé de l'octroi poussa un retentissant :

« Ohé ! Houp ! Houp ! »

Ce cri fit tourner la tête aux deux hommes. Ils étaient près d'atteindre le sommet du coteau de Caurotte ; mais, malgré l'éloignement, ils distinguèrent sans peine au-dessous d'eux, dans le fond de l'étroite vallée, l'objet de leurs recherches, et se hâtèrent de rebrousser chemin.

Les Lamberti étaient une famille de saltimbanques très populaire à Bar-le-Duc en ce temps-là. C'étaient de braves gens, que tout le monde estimait, et qui ne manquaient jamais de venir s'installer sur la place Reggio, lors de la foire de mai.

Les deux frères furent bientôt au bas des vignes, près de l'octroi, et tout d'abord ils passèrent une corde dans le collier de maître Martin, pour l'empêcher de prendre de nouveau la poudre d'escampette, s'il en eût éprouvé l'envie. Par un excès de précaution qui semblait inutile, vu la docilité et la douceur de l'animal, ils l'affublèrent même d'une solide muselière.

« Ah ! vagabond ! coureur ! C'est ainsi que tu nous brûles la politesse ! » disaient-ils en caressant l'épaisse et noire fourrure de l'ours, qui, à présent, comme s'il eût craint une correction justement méritée, courbait la tête devant ses maîtres et semblait tout penaud.

« Quel est celui de vous à qui nous devons d'être rentrés en possession de ce fuyard ? demanda l'un des frères Lamberti.

– C'est moi, m'sieu ! dirent à la fois les deux lycéens.

– Non, m'sieu, ce n'est pas lui, rectifia Maginot ; c'est moi seul qui ai ramené votre ours en le faisant danser comme ça avec ma canne.

    – C'est moi qui l'ai aperçu le premier ! riposta Toussaint.

    – Mais tu t'es vite sauvé !

    – Toi aussi !

    – Non, c'est...

    – Enfin, interrompit l'aîné des Lamberti, nous vous remercions bien tous les deux, et, pour vous témoigner notre reconnaissance, vous n'aurez qu'à vous présenter à notre théâtre : vous aurez vos entrées gratuites chaque soir pendant toute la durée de la foire.

    – Oh ! merci, m'sieu Lamberti !

    – Merci, m'sieu !

    – Nous en profiterons !

    – Je l'espère bien, et tant que vous voudrez, jeunes gens ! »

Jamais aucune aventure de Maginot ne s'était aussi agréablement terminée.

La fée Parlemaille

ou

À quelque chose malheur est bon

Chaque matin, notre voisin, le père Hussenot, passait sous nos fenêtres, en conduisant à l'école sa petite-nièce Thérèse.

Le père Hussenot, alors âgé de soixante-quinze ans, demeurait dans notre rue du Tribel, presque en face de notre maison. Il avait élevé bien des neveux et nièces, sans compter ses propres enfants, et, arrivé à ce grand âge, n'avait pas hésité à se charger encore d'une petite orpheline, Thérèse Pellegrin, que le ciel lui envoyait.

C'était la fille d'un de ses neveux, ouvrier tisseur, emporté en quelques jours par une fièvre typhoïde. Elle entrait alors dans ses cinq ans. L'année précédente, Thérèse avait perdu sa mère ; depuis longtemps tous ses oncles, tantes et cousins avaient quitté le pays ; elle ne possédait donc plus que son grand-oncle Hussenot pour lui tenir lieu de famille et chez qui se réfugier.

Le pauvre vieux, qui était tout dévouement et tout cœur et portait à sa petite Thérèse une maternelle tendresse, s'efforça d'avoir pour elle toutes les attentions, les menus soins et les exquises délicatesses d'une vraie mère.

Tous les matins, après l'avoir lui-même gentiment peignée, proprement habillée, il la menait à l'école communale, installée dans l'ancien château, et je les vois encore passer ensemble devant chez nous, la main dans la main, lui, le visage bruni et ridé, le dos voûté ; elle, avec ses cheveux blonds bouclés et son teint rose et blanc, éblouissant de fraîcheur.

Thérèse faisait l'admiration des habitants de notre quartier, et souvent ma tante Victorine ou notre vieille servante Julie m'appelait pour contempler la grâce, l'élégance et la bonne mine de cette fillette.

« Viens donc voir notre petite voisine ! La voilà qui sort avec son oncle... Comme elle est jolie ! Comme elle est avenante et pimpante ! Et elle est sage, elle ; elle obéit toujours bien ! »

Sans cesse on me la citait comme exemple.

Si l'on s'extasiait devant l'enjouement et les charmes de l'enfant, on n'oubliait pas l'oncle, on ne méconnaissait pas ses grandes qualités, son courage, sa vaillance, l'affection et l'abnégation dont il avait toute sa vie fait preuve envers les siens. Il était renommé dans toute notre Ville-Haute pour sa loyauté et sa probité.

« Un digne homme que le père Hussenot ! »

C'était le mot par lequel chacun résumait son opinion sur lui.

Il travaillait encore, et ferme, malgré son âge : car, dans sa vie de luttes, de tracas et de privations, il n'avait jamais trouvé le loisir de se réserver quelque chose pour lui, un peu de pain pour ses vieux jours, et tous ses maigres gains s'en étaient allés de-ci de-là, avaient servi à élever et soigner, aider ou établir cette séquelle de neveux et de nièces que les circonstances avaient à présent éloignés de lui, ou que la mort lui avait ravis.

Il était employé chez un gros marchand de ferraille et de chiffons de la rue de Véel, chez M. Gomel, et, lorsqu'il n'était pas occupé à ranger et trier dans le magasin de ce négociant, il parcourait les rues de la ville avec sa voiture à bras, et chargeait et transportait les marchandises achetées ou vendues par son patron.

Si jusqu'alors le père Hussenot s'était peu ému de sa pauvreté et l'avait allègrement supportée, il n'en était plus de même depuis que sa petite-nièce vivait auprès de lui et qu'il fallait penser à son avenir et assurer son sort.

« Que deviendra-t-elle après moi ? se demandait-il souvent. À qui la confier ? J'ai bien mes deux neveux, Julien et Martial – ses oncles – qui habitent Paris : mais ils sont surchargés tous les deux de famille et crient sans cesse misère. Il en est de même de ma nièce Léonie… Ah ! si j'étais moins âgé, si je pouvais espérer encore douze ou quinze ans d'existence, de bonne santé et de travail, je n'aurais pas ce terrible souci de m'en aller sans avoir élevé et casé cette chère petite ! »

C'était là la constante préoccupation, le continuel tourment de l'excellent homme.

Un soir d'été, qu'il avait une course à faire avec sa voiture à bras, il résolut d'aller en même temps chercher Thérèse à l'école.

Il était cinq heures, c'était justement l'heure de la sortie de la classe ; il prit l'enfant et la mit dans la voiture afin d'aller plus vite, car de lourds nuages voilaient le ciel et des gouttes d'eau commençaient à tomber. Pour que Thérèse ne fût pas mouillée, il étendit une bâche au-dessus d'elle, et, grâce au mouvement cadencé du véhicule, aussi bien qu'à l'accablante chaleur de la température, la fillette ne tarda pas à s'endormir. Près d'elle étaient empilées des bouteilles vides, que le père Hussenot avait reçu mission d'aller quérir.

Comme il atteignait le petit pont situé au bas de la côte du Roal, à quelques pas de la mairie, un tourneur et fabricant de chaises, en train de travailler dans son atelier, l'aperçut et l'appela.

« Père Hussenot ! J'aurais une commission à vous donner pour M. Gomel. Entrez donc une minute. »

La minute dura près d'un quart d'heure, et lorsque le père Hussenot sortit, – quels ne furent pas son étonnement et son émoi ! – la voiture n'était plus où il l'avait laissée, dans l'angle du pont : elle avait disparu, et Thérèse avec elle.

Il eut beau regarder de tous côtés, dans toutes les rues et ruelles adjacentes, s'informer auprès de tous les voisins et passants, il ne découvrit nul indice, n'obtint aucun renseignement, capables de le mettre sur la trace du voleur.

Car on lui avait volé sa voiture, il n'y avait pas de doute.

« Elle n'est pas tombée dans le canal : elle n'aurait pu franchir d'elle-même le parapet ! s'écriait-il avec désespoir. Elle ne s'est pas envolée toute seule ! Ah ! mon Dieu ! mon Dieu !

– C'est peut-être simplement une plaisanterie que des gamins vous ont faite, père Hussenot, insinua le fabricant de chaises.

– Une plaisanterie ?

– Oui, c'est mon avis.

– Drôle de plaisanterie ! Mais, en admettant, une voiture n'est pas facile à cacher ! Où l'auraient-ils mise ? Cela ne se fourre pas dans la poche ! Non, c'est bien un voleur, allez ! » répliqua le père Hussenot, de plus en plus anxieux et affolé.

Il ne se trompait pas.

Un garnement, passant par là, avait aperçu cette voiture privée de conducteur et chargée de bouteilles. L'occasion lui avait paru propice : il s'était imaginé que toutes ces bouteilles étaient pleines de bon vin ou de liqueurs, et il s'était vite attelé aux brancards et avait filé grand'erre.

Ce n'est qu'arrivé hors de la ville, dans la partie que l'on nomme le faubourg de Marbot, qu'il osa s'arrêter et vérifier le contenu de la carriole.

Les bouteilles étaient vides.

« Volé ! s'exclama le voleur avec colère. Ah ! c'était bien la peine... Et, sous cette bâche, qu'y a-t-il ? »

En découvrant la petite fille qui dormait là comme dans son lit, il n'en demanda pas davantage, et, sans se préoccuper de ce que deviendrait cette enfant, il se hâta de déguerpir.

Il faisait nuit lorsque Thérèse s'éveilla.

L'orage menaçait de plus en plus. Des éclairs sillonnaient le ciel à tout instant ; des roulements de tonnerre emplissaient de leur fracas l'étroite vallée ; mais la pluie ne tombait toujours que goutte à goutte, comme à regret, et sans parvenir à rafraîchir l'air.

Thérèse eut peur au milieu de ces ténèbres, presque sans cesse traversées par de fulgurantes lueurs, et au milieu de ces retentissants et sinistres grondements. Elle se mit à pleurer, à appeler son oncle ; puis essaya de descendre de voiture. Elle y réussit ; mais, comme elle posait le pied à terre, le chargement bascula, et toutes les bouteilles vinrent se briser avec un bruit terrible contre un mur qui bordait la route.

Les pleurs de l'enfant redoublèrent, toujours entrecoupés par ses cris :

« Mon oncle ! Mon oncle ! »

Une porte, percée dans le mur, tout près de là, s'ouvrit, et une voix de femme se fit entendre.

« Qu'y a-t-il ? »

Ne recevant pas de réponse, la femme s'avança et aperçut Thérèse.

« Que fais-tu donc là toute seule, petite ? »

Thérèse alors de geindre et de sangloter de plus belle.

« À qui cette voiture ? Comment te trouves-tu ici, à cette heure ? Où sont tes parents ? Est-ce que tu as mal, dis ? Tu es tombée ? »

Une autre voix de femme vint interrompre ces questions, auxquelles l'enfant ne répondait que par ses soupirs et ses larmes.

« Perrine ! Où êtes-vous donc ? Que se passe-t-il ?

– Madame, c'est une petite fille qui est sur la route.

– Une petite fille ? Mais ce vacarme que nous avons entendu ?

– Sans doute cette voiture qui s'est renversée... Je ne distingue pas très bien... Il y a des bouteilles cassées, tout un monceau de bouteilles...

– Et cette petite fille est seule ?

– Oui, madame, comme si on l'avait abandonnée.

– Amenez-la, Perrine, faites-la entrer ! Ce n'est pas un temps à rester dehors.

– Viens, ma mignonne. »

La femme prit Thérèse par la main, lui fit traverser une cour, puis un vestibule, et l'introduisit dans un petit salon en rotonde luxueusement meublé, à demi éclairé par une lampe placée sur un guéridon de marbre.

C'était la demeure de la comtesse de Parlemaille.

Veuve, sans enfant, et alors âgée d'une cinquantaine d'années, Mme Lydie de Parlemaille se consolait de son isolement par la pratique des bonnes œuvres, et était considérée comme la providence du rustique faubourg de Marbot.

Pour la désigner, les pauvres gens de ce quartier disaient volontiers « la bonne dame » ; cela suffisait, on savait de qui il était question. Dans la ville, on l'avait baptisée « la reine de Marbot » ou encore « la fée Parlemaille ».

Sa maison, une élégante villa, une sorte de petit château, que son mari avait fait construire, s'élevait au delà du faubourg, devant un joli jardin, auquel attenait une immense prairie arrosée par le ruisseau de Naïves ou Naveton.

Mme de Parlemaille entreprit à son tour d'interroger Thérèse, mais ses questions n'obtinrent guère meilleur résultat que celles de sa servante.

« J'étais avec mon oncle... Il m'avait assise dans la voiture...

– Que fait-il, ton oncle ? demanda Mme de Parlemaille.

– Sais pas... madame, bégaya Thérèse.

– Où demeure-t-il, ma chérie ?

– Là-bas... derrière l'église.

– Quelle église ?

– L'église !

– Comment t'appelles-tu ?

– Thérèse.

– Et ton papa ? Dis, mon trésor, comment se nomme-t-il, ton papa ? Réponds donc, mon petit chou, n'aie pas peur ! » reprit Mme de Parlemaille, qui adorait les enfants et avait toujours pour eux de tendres caresses et de gentils noms.

« C'est... c'est mon oncle ! »

Voyant qu'elle ne pouvait tirer rien de bien clair de cette pauvre petite, Mme de Parlemaille remit au lendemain la suite de l'interrogatoire et changea de discours.

« As-tu soupé, ma mignonne ? »

Thérèse remua la tête en signe de négation.

« Tu as faim ?

– Oui, fit-elle d'une voix nette, et en hochant la tête de haut en bas.

– Eh bien, Perrine, vous allez servir à manger à cette enfant, puis nous la coucherons. »

Le lendemain, en sortant de la messe de sept heures, à laquelle elle avait coutume d'assister chaque matin hiver comme été, la bonne dame de Marbot, la fée Parlemaille, se rendit au commissariat de police pour faire sa déclaration, relativement à l'enfant trouvée la veille devant sa porte.

Le commissaire, M. Poustor, devina sur-le-champ et sans peine de qui il s'agissait : le soir précédent, avant de regagner sa demeure, le père Hussenot, bouleversé, désespéré, était allé se plaindre à lui de la disparition de sa voiture et de ce qu'elle contenait, de sa petite-nièce, sa chère petite Thérèse, qui s'y était endormie, blottie sous une bâche.

M. Poustor envoya aussitôt un de ses agents chez le père Hussenot pour le tranquilliser, et midi n'était pas sonné, que l'alerte vieillard, accourant de toute la vitesse de ses jambes, arrivait chez Mme de Parlemaille.

Celle-ci le connaissait tout au moins de vue et de nom, pour l'avoir maintes fois aperçu dans les rues et ouï appeler par les clients de son patron, du riche marchand de chiffons de la rue de Véel.

« Alors c'est à vous cette petite fille-là, père Hussenot ? dit-elle, après les premiers moments d'effusion entre l'oncle et la nièce.

– Oui, madame ; c'est la fille de mon neveu Louis Pellegrin, qui est mort en avril dernier, juste un an après sa femme... La pauvre gamine n'a plus que moi, hélas !

– Et elle ne vous aime pas du tout, j'en suis sûre, ajouta en badinant Mme de Parlemaille. Elle ne tient nullement à s'en aller avec vous et ne demande qu'à rester ici.. N'est-ce pas, Thérèse ? »

En guise de réponse, la fillette se suspendit au cou de son oncle.

« Oh ! que nenni ! répliqua le père Hussenot, tout rayonnant, avec une larme d'attendrissement dans le coin de l'œil. Oh ! mais si, elle m'aime bien !

– Alors tu ne veux pas demeurer avec moi ? reprit Mme de Parlemaille. C'est bien décidé ? Tu préfères t'en retourner avec ton oncle ? »

Thérèse acquiesça énergiquement.

« Eh bien, je consens à te laisser partir, continua Mme de Parlemaille ; mais à une condition : tu reviendras me voir. Tu voudras bien revenir me voir ?

– Oui, madame, murmura l'enfant.

– Vous entendez, père Hussenot ? Il faudra m'amener de temps à autre cette petite. Le jeudi, par exemple, quand elle ne va pas à l'école, elle pourrait venir passer la journée chez moi. Si cela vous dérange de la conduire vous-même, je l'enverrai chercher par ma domestique, *son amie* Perrine, car elles sont déjà ensemble dans les meilleurs termes. »

À dater de cette époque, en effet, Thérèse devint la protégée de la bonne dame de Marbot. Tous ses jours de congé se passaient au château de Parlemaille, tantôt à coudre ou à jouer auprès de la maîtresse du lieu, tantôt à aider la servante Perrine dans ses menus travaux, à aller avec elle donner à manger aux poules et aux lapins, étendre le linge au grenier, préparer ensuite la pâtée de M. Mimi, ou bien s'occuper de la volière où Mme de Parlemaille s'était plu à renfermer quantité de canaris, de chardonnerets, de bouvreuils et de linots.

Quand, dix-huit mois plus tard, le père Hussenot dut s'aliter, atteint d'une fluxion de poitrine, et vit la mort approcher, il eut du moins, en expirant, la suprême consolation de ne pas laisser sa petite Thérèse seule au monde, de se dire que Mme de Parlemaille était là pour veiller sur elle, la recueillir, comme elle l'avait fait naguère, durant cette nuit d'orage.

Ainsi la coupable action de ce vaurien, qui, en dérobant la voiture du père Hussenot, s'était leurré de l'espoir d'une misérable aubaine, eut un contrecoup inattendu, le plus salutaire et le plus précieux résultat. À quelque chose malheur fut bon.

La petite orpheline quitta donc notre rue du Tribel pour aller vivre à Marbot, chez la comtesse de Parlemaille. Élevée près d'elle et sous sa direction, elle s'attacha de plus en plus à cette excellente dame, à qui elle s'efforçait sans relâche de témoigner sa reconnaissance, sa tendresse et son dévouement.

À son tour, Mme de Parlemaille se sentait de plus en plus attirée vers cette enfant, la considérait peu à peu comme sa fille adoptive, et la traitait en conséquence. Elle ne se borna pas à faire de Thérèse une jeune personne instruite et distinguée, elle l'associa à ses bonnes œuvres, l'emmenant avec elle dans ses visites aux indigents, lui apprenant à la seconder dans ses soins aux vieillards et aux malades.

Thérèse Pellegrin a non seulement hérité de la fortune de sa bienfaitrice, elle lui a succédé dans sa charitable et généreuse mission : c'est elle aujourd'hui qu'on nomme « la providence de Marbot », elle qui est devenue « la fée Parlemaille ».

La robe de chambre

Après avoir appartenu pendant trente-huit ans à l'administration des Contributions indirectes, où il avait conquis le grade de Directeur départemental, M. Hyacinthe Bigornot avait été autorisé à faire valoir ses droits à une pension de retraite, et était venu s'installer près de son gendre, M. de Miraucourt, dans la paisible petite ville de Ligny-en-Barrois.

M. Charles de Miraucourt, qui remplissait les fonctions d'inspecteur des forêts, habitait, avec sa femme et sa fille Marceline, âgée de dix-neuf ans, un verdoyant cottage, ayant des apparences de château, et qu'entourait un vaste jardin, bordé à son extrémité par notre rivière de l'Ornain.

M. Bigornot, qui avait toujours eu la passion de la pêche à la ligne, se trouvait ainsi tout porté pour se livrer à son passe-temps favori. Entouré des soins de sa fille et de sa petite-fille, il ne pouvait qu'être heureux dans ce calme coin de province, et sa vie devait y ressembler au beau soir d'un beau jour.

On était au mois d'octobre, et la fraîcheur des matinées et des nuits inquiétait tant soit peu l'ex-directeur des Contributions, qui avait toujours redouté les rhumatismes.

« Il me faudrait une bonne robe de chambre, dit-il un jour à sa fille. J'aurais bien dû m'en acheter une, lorsque j'ai traversé Paris ! Je ne l'ai pas fait, et je le regrette fort. »

Le surlendemain Mme de Miraucourt arrivait près de son père avec une superbe robe de chambre de molleton gris bordée et soutachée de bleu.

« Tu vois, papa, qu'il n'est pas besoin d'aller jusqu'à Paris ? Nous passions ce matin devant la halle avec Marceline : il y avait justement un grand « déballage » de vêtements d'homme... des occasions magnifiques ! J'en ai profité. »

M. Bigornot déplia la robe de chambre, l'étala, l'examina sur toutes ses faces :

« Elle est vraiment belle ! C'est tout à fait ce que je voulais ! »

Puis il l'essaya. Par malheur, elle était trop longue, bien trop longue : elle traînait même à terre.

« Que c'est contrariant ! s'écria Mme de Miraucourt. Je croyais si bien avoir les mesures !

– Ne pourrais-tu la reporter et l'échanger contre une autre ?

– Hélas, trop tard ! C'est à un « déballage » que je l'ai achetée, comme je te l'ai dit. Les marchands ambulants qui viennent au marché ne restent pas... Ils sont sûrement déjà partis. Il aurait fallu courir tout de suite... Ah ! que c'est donc ennuyeux !

– Mais, maman, dit Marceline, il ne sera pas difficile de raccourcir les pans...

– C'est bien aussi ce que je compte faire, interrompit Mme de Miraucourt. Nous allons mesurer bien exactement... »

Après un sérieux et très minutieux examen, on décida qu'il fallait diminuer la robe de chambre de vingt centimètres.

« Oui, comme cela elle sera parfaite ! » conclut M. Bigornot.

Dès le soir même, profitant de ce que son père s'était couché de bonne heure, Mme de Miraucourt tailla et rogna les pans de la robe de chambre, et la réduisit aux dimensions voulues. Ce travail était terminé quand M. de Miraucourt et Marceline, qui étaient allés passer la soirée chez des voisins, rentrèrent au logis.

Le lendemain, Marceline venait de se lever et de s'habiller, elle respirait à sa fenêtre l'air frais du matin, quand, toujours pleine de tendresse pour son grand-père et aux petits soins pour lui, il lui vint une délicate et généreuse pensée :

« Bon papa doit aller à la pêche aujourd'hui ; il est sans doute déjà parti... Si je mettais son absence à profit en raccourcissant sa robe de chambre ? Cela fera plaisir aussi à maman ; ce sera pour elle une peine de moins. »

Aussitôt dit, aussitôt fait.

Marceline court chez « bon papa », prend la robe de chambre, et s'empresse de la diminuer de vingt centimètres, ce qui, avec les vingt centimètres précédemment enlevés par Mme de Miraucourt, faisait une diminution totale de quarante centimètres.

Quand, à son retour de la pêche, M. Hyacinthe Bigornot voulut se mettre à son aise, et endossa son costume d'intérieur, il poussa un long cri de stupeur, suivi de soupirs de désolation.

« Oh ! Oh ! Oh ! »

À ces lamentations, Mme de Miraucourt, puis Marceline, accoururent, tout inquiètes, se demandant ce qu'il y avait.

« Mais qu'est-ce que vous avez donc fait, mes enfants ? Mais voyez donc ! Regardez donc ! Hier elle était trop longue, mais aujourd'hui... Elle est bien trop courte ! Elle me va à peine aux genoux !

– C'est vrai ! murmurait Mme de Miraucourt atterrée. J'ai cependant bien mesuré. Tu étais là, Marceline, tu as remarqué ?

– Oui, maman.

– C'est extraordinaire !

– Vous avez coupé et enlevé au moins le double de ce qu'il fallait ! reprit M. Bigornot.

– Ah ! maman ! s'écria Marceline, qui eut un soudain trait de lumière et comprit ce qui s'était passé. C'est que nous avons fait toutes les deux la même besogne l'une après l'autre !

– Comment ?...

– Oui, moi après toi !

– Oh ! Mais tu aurais dû t'assurer... Voilà ce que c'est que de vouloir faire des surprises !

– C'est vrai, hélas !

– Que c'est donc fâcheux !

– Ne vous lamentez pas, mes chéries, repartit le grand-père, qui avait fini par s'apaiser. Allons, du calme ! C'est un petit malheur ! Vous n'aurez, si vous le voulez bien, qu'à rogner encore d'un ou deux travers de main ce malencontreux vêtement – mais l'une *ou* l'autre et non pas toutes les deux ! – et il me servira de veston, me fera un très coquet, très gentil petit veston. Puis, au prochain « déballage » que tu verras, Amélie, tu m'achèteras une autre robe de chambre. C'est bien plus simple !

– Seulement, cette fois, conclut Mme Amélie de Miraucourt, j'aurai soin de bien prendre les mesures...

Et toi, Marceline, j'espère que tu ne feras plus rien sans me prévenir ?

– Oh ! non, maman, je te le promets ! »

Dangereux prisonnier

Par une humide soirée d'automne, M. Philippot, l'aubergiste de la Croix-Blanche, était debout sur le seuil de sa porte, le dos au mur, et il fumait tranquillement sa pipe en promenant son regard au loin, sur les coteaux encore tout parsemés de vendangeurs, et sur les vieux ormes de la route que la brume commençait à estomper. Soudain il vit surgir, au premier tournant de cette route, une masse terne et confuse, mais qui, peu à peu, en s'avançant, devint plus distincte et se profila nettement.

C'était un homme, un vieillard à demi courbé, qui poussait devant lui une étroite petite voiture. Deux chiens l'escortaient, et, au lieu de vagabonder, selon la coutume de leurs pareils, à droite et à gauche, sur les talus du chemin et dans les champs d'alentour, ils se tenaient prudemment, comme pour se garer de la fine pluie qui s'était mise à tomber, derrière leur maître, marchaient sur ses talons, tête basse et du même invariable menu pas.

L'auberge de la Croix-Blanche était la première maison du village. En apercevant l'enseigne, qui se balançait à une tringle de fer, à l'angle du bâtiment, le vieillard fit un geste, qu'on aurait pu traduire par cette phrase : « Voilà mon affaire ! » et, présumant que le fumeur était le maître du logis, il s'approcha de lui et le salua.

« Vilain temps ! ajouta-t-il. Puis-je m'arrêter chez vous et y passer la nuit, moi et mes bêtes, en payant, bien entendu ?

– Mais très volontiers, repartit M. Philippot. C'est mon métier d'héberger le monde... Entrez, mon brave, entrez ! »

Pendant que les deux toutous, deux caniches, allaient, d'un commun accord, se blottir de chaque côté du foyer, le patron débattait ses conditions avec son hôte, et ce dernier exhibait de sa poche son livret d'identité.

Le voyageur avait nom Vincenzo, était natif de Suse (Italie), et exerçait la profession de « montreur d'animaux savants ».

De taille moyenne, vigoureux et trapu, il portait de longs cheveux gris, qui tombaient en boucles sur le col de sa veste de drap marron, et sa barbe, frisée et presque blanche, lui descendait jusqu'au creux de l'estomac.

« Alors ce sont ces deux chiens qui composent toute votre troupe ? demanda M. Philippot.

– Pardon, j'ai aussi M. Beauvisage, le premier de mes sujets. Je l'enferme dans ma voiture, afin qu'il ne prenne pas froid et ne soit pas mouillé. Je vais vous l'amener, si vous le permettez ?

– Faites ! Faites ! C'est un chien aussi que ce monsieur Beauvisage ?

– Non, vous allez voir... »

C'était un singe, un joli petit singe, habillé en mousquetaire, galonné d'or sur toutes les coutures, et qui se drapait tant bien que mal, frileusement, dans une vieille loque de drap rouge. Il fit son entrée sur le bras de son maître, pelotonné contre lui, et ne tarda pas à se faufiler sous sa veste pour se réchauffer.

L'auberge de la Croix-Blanche était trop modeste, trop médiocrement achalandée, pour comporter un nombreux personnel. Le patron, sa femme et une jeune servante suffisaient à toute la besogne. Pendant que Mme Philippot surveillait la cuisine, Pélagie, ladite servante, dressa le couvert, et elle apporta bientôt sur la table la soupière fumante.

Les deux caniches, MM. Pompon et Turco, qui sommeillaient devant l'âtre, se réveillèrent alors, et, toujours de concert, vinrent se poster auprès de M. Vincenzo, l'un à droite, l'autre à gauche. Mais, en chiens bien élevés, ils ne poussaient aucun jappement, ne risquaient aucune plainte, ne demandaient rien, ne bronchaient point, et, le museau en l'air, les yeux infatigablement braqués sur leur maître, calmes, stoïques, impassibles, ils attendaient que celui-ci leur présentât à tour de rôle une languette de pain, qui disparaissait d'un seul coup et instantanément.

Quant à M. Beauvisage, il s'était peu à peu ragaillardi à la tiède chaleur de la pièce ; il avait quitté son refuge, s'était assis sur le coin de la table, et il mangeait de son côté ce qu'on voulait bien lui octroyer, grignotait avec délices notamment les carottes crues que Mlle Pélagie s'amusait à lui offrir.

« Une drôle de petite bête que vous avez là, et qui a l'air bien intelligent ! remarqua l'aubergiste.

– Et qui l'est, monsieur, qui l'est plus qu'on ne saurait dire, répliqua M. Vincenzo. J'ai déjà dressé beaucoup de singes dans ma vie, je n'en ai jamais eu d'aussi adroit, d'aussi futé, de meilleur que celui-ci. Pas besoin de répéter la leçon deux fois, d'insister, de le gronder... Il suffit de faire une chose devant lui pour qu'il l'exécute immédiatement. Tenez, vous allez voir : je vais éternuer, et il éternuera aussitôt. Attention, monsieur Beauvisage ! Attchi ! !

– Attchi ! Attchi ! fit sur-le-champ l'animal, comme s'il venait d'être pris d'un violent rhume de cerveau. Attchi ! Attchi ! Attchi !

– Assez, mon garçon ! N'abusons pas... Maintenant, reprit M. Vincenzo, il faut nous moucher, comme le fait toute personne enrhumée. Avez-vous un mouchoir de poche au moins, monsieur Beauvisage ? »

Et le singe de tirer bien vite des basques de son habit de mousquetaire un microscopique mouchoir, qu'il se mit à secouer triomphalement, et dont il se servit ensuite d'une façon fort congrue.

« Donnez-lui un tire-bouchon et une bouteille, et il comprendra tout de suite ce que vous attendez de lui », poursuivit M. Vincenzo.

En effet, ces objets apportés, la bouteille fut débouchée en un tour de main.

« M. Beauvisage sait sauter à la corde, danser le menuet et la gavotte, battre le tambour, faire l'exercice comme un vieux troupier, jouer aux quilles et au bilboquet ; – et si je ne lui apprends pas le besigue et l'écarté, c'est dans la crainte qu'il ne triche... N'est-ce pas, monsieur Beauvisage ? »

Et, comme s'il eût compris, M. Beauvisage se mit à hocher la tête et à faire une grimace qui ressemblait à un large rire.

Le lendemain matin, M. Vincenzo se rendit à la mairie de l'endroit, pour solliciter des « autorités » la permission d'exhiber sa troupe, c'est-à-dire de faire travailler en public MM. Beauvisage, Pompon et Turco.

Dans le cas actuel, les « autorités » se résumaient en une seule et unique personne, le maire du village, M. Théodule-Désiré Piédeleu, qui accorda sans difficulté la permission demandée.

« Seulement, je doute fort, mon brave homme, ajouta-t-il, que vous fassiez beaucoup d'argent ici. Nous sommes en pleine vendange, et quand on a travaillé et trimé toute la journée, surtout sous une pluie battante, et qu'on rentre le soir moulu de fatigue, on songe plutôt à se glisser dans les draps qu'à courir *au spectacle*. Enfin, bonne chance tout de même ! » acheva le digne magistrat en reconduisant jusque sur le seuil de la maison commune le chétif impresario.

Les pronostics de M. Piédeleu ne se vérifièrent que trop exactement.

À cause du mauvais temps, M. Vincenzo ne pouvait penser à donner ses représentations au dehors, sur la place du village. Il dut s'entendre avec le propriétaire du principal café et lui demander abri. Mais, le soir venu, et malgré les deux grandes affiches apposées sur la devanture et annonçant les mirifiques prouesses de M. Beauvisage et de ses acolytes, la salle resta vide. Le lendemain, de même. Pour comble, le surlendemain la pluie tomba plus dru que jamais et sans discontinuer. M. Vincenzo n'osait se mettre en route pour gagner une localité plus propice : il se trouvait contraint de rester à l'auberge de la Croix-Blanche, et, ne possédant pas d'économies, vivant au jour la journée, il ne savait comment régler son compte avec M. Philippot et se libérer avec lui.

Il se décida cependant à aborder cette très délicate question, et, dès la première éclaircie du ciel, annonça à l'aubergiste son intention de partir, de se rendre à quelques lieues plus loin, dans la petite ville de Ligny-en-Barrois, « où certainement et comme on me l'assure, je ferais mes frais, ajouta-t-il.

– Ligny, qui compte plus de cinq mille habitants, offre sans aucun doute bien plus de ressources que nous, dit M. Philippot, et vous avez grande raison d'y aller. »

Mais quand M. Vincenzo lui avoua qu'il était sans argent et dans l'impossibilité de solder sa note de dépense, il refusa d'entendre de cette oreille et se fâcha.

« Vous faire crédit ? Mais je ne vous connais pas ! objecta M. Philippot, qui passait à juste titre pour l'homme le plus intéressé, le plus timoré et le plus méfiant du village. Vous êtes sans domicile, toujours par monts et par vaux... Où vous retrouverais-je ? »

M. Vincenzo eut beau se prévaloir de son honorabilité et affirmer qu'il s'acquitterait dès qu'il le pourrait, l'aubergiste de la Croix-Blanche exigea quelque chose de plus solide que des promesses : il voulait de bonnes espèces sonnantes et dûment trébuchantes, ou, à leur défaut, une garantie, un gage : une montre, par exemple, un objet de valeur...

Mais le pauvre artiste ambulant ne possédait que sa piètre voiture à bras, ses loques et ses trois bêtes.

« Eh bien, je garde votre singe ! s'écria M. Philippot, furieux de cette déconvenue. Il me répondra de vous et de votre dette.

– Oh !

– Je ne puis pourtant pas loger et nourrir les gens *gratis pro Deo*, voyons, convenez-en ! Il faut être raisonnable ! »

M. Vincenzo dut se résoudre à laisser entre les mains de son inflexible créancier l'incomparable monsieur Beauvisage, qui faisait bien triste mine en voyant son maître s'éloigner en compagnie de MM. Pompon et Turco.

« Ayez-en bien soin au moins ! suppliait le vieillard en poussant de gros soupirs. Je reviendrai le dégager aussitôt que j'en aurai le moyen, je n'ai pas besoin de vous le jurer ! »

Le soir même, la fortune sourit à M. Vincenzo. Comme s'ils eussent deviné qu'il s'agissait de délivrer leur infortuné camarade, Pompon et Turco accomplirent des prodiges, dans le café de Ligny où leur maître avait reçu asile. Jamais les cerceaux intérieurement garnis de pipes de terre n'avaient été franchis avec autant d'agilité ; jamais le jeu de dominos, où il fallait découvrir le double-six et le double-blanc, n'avait été aussi prestement remué ; jamais on n'avait aussi vite fait d'annoncer à coups de patte l'heure exacte que marquait la pendule, puis le nombre de points inscrits sur les deux dés projetés devant les « artistes » par un des honorables « assistants ».

« Bravo ! Bravo ! criait-on de toutes parts. C'est inouï, étonnant, merveilleux ! »

Aussi le lendemain, avant l'aube, M. Vincenzo reprenait le chemin du village de X..., où il avait laissé en gage le plus cher de ses élèves et pensionnaires, et s'empressait d'aller payer la rançon du prisonnier.

Lorsqu'il arriva à l'auberge de la Croix-Blanche, patron,

patronne, servante, tout le monde était en émoi.

« Ah ! c'est vous ? Vous tombez juste à point ! exclama M. Philippot à la vue de son débiteur. Venez contempler un peu la belle besogne de votre maudit singe ! »

Et il entraîna M. Vincenzo vers le fond de la cuisine, là où s'ouvrait la porte du cellier-cave.

C'était dans ce réduit, bien clos et à l'abri des intempéries de l'air que l'aubergiste avait eu l'idée d'enfermer et d'attacher M. Beauvisage. Celui-ci, qui était doué au suprême degré du talent d'imitation, ayant vu M. Philippot venir « tirer une bouteille de vin », n'avait rien eu de plus pressé, dès qu'il s'était retrouvé seul, que de faire ce qu'on venait d'accomplir devant lui, c'est-à-dire de tourner le robinet du tonneau. Un second tonneau, placé tout contre le premier et pareillement muni d'un robinet, avait éprouvé le même sort, puis un troisième ; et si M. Beauvisage s'était arrêté là, c'est que la chaînette qui le retenait ne lui avait pas permis de continuer le cours de ses exploits.

Juché près de la porte, au sommet d'une haute futaille, sur laquelle il s'agitait victorieusement, il semblait enchanté de lui et de son œuvre, et vous convier à admirer.

Il se démena bien davantage encore à l'aspect de son maître, se mit à pousser des cris de joie, et aussitôt que M. Vincenzo fut à sa portée, il s'élança sur son épaule et lui fit maintes et maintes caresses.

M. Vincenzo répondait de son mieux à ces affectueuses démonstrations, et tout d'abord il délivra M. Beauvisage de la chaînette qui entravait ses mouvements.

« Non, non ! Ne vous hâtez pas de l'emmener ! s'écria l'aubergiste. Vous pensez bien que les choses ne peuvent se terminer de la sorte ! Ah ! mais non ! Qui m'indemnisera de ce dégât ? Qui en est responsable ? C'est vous, vous, le maître de l'animal !

– Pardon, interrompit M. Vincenzo. Si vous n'aviez pas tenu, malgré moi, à garder mon singe...

– Si vous aviez payé les dépenses faites par vous dans mon établissement...

– J'avais bien l'intention de m'en acquitter. Vous en avez la preuve, puisque me voici de retour. Je ne vous demandais que quelques jours de délai...

– Et pourquoi vous les aurais-je accordés ? Pourquoi vous aurais-je fait du crédit, à vous inconnu dans le pays, à vous sans domicile ?

– Mais...

– J'en suis fâché : nous irons devant le juge de paix ; c'est lui qui prononcera ! déclara péremptoirement l'aubergiste.

– Nous irons, soit ! Je ne demande pas mieux ! J'espère bien qu'il comprendra que je n'y pouvais rien, puisque...

– Mais vous êtes responsable, encore une fois, responsable comme chacun l'est des animaux qu'il possède ! Oui ou non, est-il à vous, ce singe ?

– Vous me l'aviez pris ! riposta M. Vincenzo. Il n'était plus sous ma gouverne, donc plus à moi, pendant que vous le reteniez et l'emprisonniez. C'était à vous de le surveiller...

– Comment, à moi ! Mais...

– Évidemment, c'est de votre faute, Philippot », articula une troisième voix, celle de M. Piédeleu, le maire de la commune, qui, passant devant l'auberge, et, attiré par le bruit de la discussion, était entré pour tâcher d'apaiser ce conflit. « J'ai tout entendu, je suis au courant de l'affaire... Vous avez tort.

– Mais, monsieur le maire...

– Il n'y a pas de « monsieur le maire » qui tienne, mon ami. Vous étiez certainement dans votre droit en exigeant de cet homme, qui vous est inconnu, une garantie de ce qu'il vous doit, un gage de sa dette envers vous. Mais, ce gage, c'est vous-même qui l'avez choisi, Philippot : rien ne vous obligeait à garder le singe, plutôt qu'un des chiens...

– Il est vrai que j'aurais pu...

– Vous en convenez ? Et si c'était à refaire, vous choisiriez autrement ?

– Pour sûr, monsieur Piédeleu !

– Ne vous plaignez donc pas du dommage que vous éprouvez : vous-même en êtes l'auteur, puisque c'est la conséquence du choix, du choix imprudent et maladroit que vous avez fait. Si vous vous obstinez à mettre le public dans la confidence de l'aventure, si vous en appelez aux gendarmes ou au juge de paix, ainsi que vous en menaciez tout à l'heure votre adversaire, on rira de vous dans tout le village, Philippot.

– Vous croyez, monsieur le maire ?

– Je fais mieux que de le croire, mon ami, j'en suis absolument certain : tout le monde se gaussera de vous. On vous sait quelque peu intéressé, passablement regardant ; avec cela aisément soupçonneux, volontiers méfiant...

– Ô monsieur le maire ! Peut-on dire !

– Eh ! oui, on peut dire, et on le dit, on le dit partout ! On ne s'en prive nullement. Ne riez donc pas, Philippot : vous seriez le seul à vous méconnaître. Suivez mon conseil, allez ! Gardez le silence le plus complet... Chut ! Pas un mot de la farce désastreuse que ce singe vous a jouée, comme tout exprès pour vous punir de l'avoir retenu prisonnier et venger son maître ! Et tâchez de profiter de la leçon, si possible ! »

C'est à ce judicieux parti que se résolut, mais non sans longuement maugréer et pester en lui-même, l'aubergiste de la Croix-Blanche.

L'explorateur

L'histoire de M. Beauvisage, le singe de l'Italien Vincenzo, me remet en mémoire une aventure que j'ai ouï maintes fois conter jadis, et que des farceurs – il y en a partout, même à Bar-le-Duc, dans notre brave et placide Ville-Haute – s'amusaient à attribuer à un de leurs concitoyens de la place Saint-Pierre, à M. Agénor Paillotin, surnommé « l'Explorateur », en raison des longs voyages d'outre-mer effectués par lui.

De bonne heure, paraît-il, Agénor et sa sœur Estelle s'étaient trouvés orphelins et lancés dans la vie. Plus âgée que son frère d'une couple d'années, Estelle avait réussi à se placer comme sous-maîtresse dans le pensionnat des demoiselles Harmand, le mieux réputé et le plus en vogue de toute la contrée. Agénor, lui, avait eu recours à un sien cousin, son parrain, nommé Barastol, commis voyageur en vins et spiritueux, et représentant d'une maison de vin de Champagne d'Épernay. Victorin Barastol avait dirigé Agénor dans la même voie que lui ; seulement, au lieu du commerce des liquides, c'était dans celui de la rouennerie et de la bonneterie qu'il l'avait casé.

À dix-sept ans, Agénor Paillotin, commis au *Grand Colbert*, un des principaux magasins de Reims, gagnait trente francs par mois, outre sa nourriture et son logement ; mais, actif, entreprenant, audacieux, avide de mouvement et d'imprévu, il rêvait de plus hautes destinées. Il avoua un jour à son parrain qu'il avait envie de s'expatrier, d'aller tenter fortune au loin ; et le parrain, qui constatait aussi que les affaires ne marchaient pas, encouragea son filleul dans cette résolution.

La semaine suivante, Agénor allait embrasser sa sœur et lui faire ses adieux.

« Tu aurais bien pu me consulter ! Moi, qui suis ton aînée ! se récria Estelle dès les premiers mots.

– C'est vrai ! Pardonne-moi... Je craignais tes objections et tes reproches, et... comme je...

– Comme tu es décidé à n'en faire qu'à ta tête, tu n'admets aucune objection et ne veux aucun reproche, n'est-ce pas ? À quoi bon d'ailleurs !

– Estelle, ne me gronde pas ! Je t'aime bien, je t'assure !

– Que Dieu t'accompagne ! dit la grande sœur en essuyant ses yeux, où roulaient de grosses larmes. Écris-moi surtout, écris-moi souvent... »

Plusieurs années s'écoulèrent.

La fortune avait moins souri à Agénor Paillotin qu'il ne l'avait espéré ; mais il avait amplement satisfait son goût de locomotion : il connaissait Rio-de-Janeiro et Buenos-Ayres, Sydney, Melbourne, Ceylan et Bombay ; il avait acquis de l'expérience, pris des forces et gagné de l'embonpoint. En revanche, et sans doute par suite des températures tropicales qu'il avait supportées, il avait perdu ses cheveux : à vingt-six ans, il était entièrement chauve.

Il n'avait pas encore eu occasion de visiter l'Afrique ; cela lui manquait, et un beau jour il décida de réparer cette omission, et s'embarqua pour la colonie anglaise du Capi, où l'attirait d'ailleurs l'exploitation des mines d'or.

« Sûrement, se disait-il, les affaires doivent prospérer là-bas. Il y a un fort mouvement de population, et cette population n'est pas pauvre... Mes fournitures sont presque de première nécessité : il faut bien des tricots de laine et des couvertures pour parer aux grandes fraîcheurs des nuits. J'ai donc toute chance possible de réussir. »

La chance effectivement favorisa Agénor. Dès son arrivée à Cape-Town, il avait acheté à bon compte un petit âne et une voiture, dans laquelle il avait empilé une partie de sa marchandise, et il s'était mis en route, allant de village en village, et débitant ses articles avec de gros bénéfices.

Ce qu'il vendait le plus, c'étaient des bonnets de coton.

Tous les indigènes en voulaient ; à tel point que notre commis voyageur dut se hâter d'écrire en France pour s'en faire expédier une nouvelle provision.

Lui-même portait volontiers cette coiffure, qui lui était d'autant plus nécessaire qu'il avait le crâne dénudé et luisant comme une bille d'ivoire.

Il venait de s'arrêter, une après-midi, à l'ombre d'une forêt de cèdres et de palmiers, quand, fatigué de sa marche et aussi de la lourde chaleur qui régnait, sentant ses paupières s'appesantir, il ne put résister au plaisir de la sieste. Il enfonça son bonnet de coton jusque sur ses yeux et ne tarda pas à s'endormir à poings fermés, au pied de l'arbre où il s'était étendu.

À peine commençait-il à goûter ce repos salutaire et bien mérité, qu'un singe, perché dans les branches, descendit de son poste en un clin d'œil, et s'approcha de la voiture, où bientôt, deux, trois, dix, vingt, trente de ses congénères et camarades, gîtés comme lui dans les arbres, vinrent le retrouver. Instantanément et comme d'un commun accord, tous se précipitèrent sur les étoffes, cotonnades et lainages rangés dans la voiture, et l'un d'eux ayant mis la patte sur une pile de bonnets de coton, s'empara de l'un de ces couvre-chefs, et fit ce qu'il avait vu faire une seconde auparavant à celui qui maintenant dormait si bien, se l'enfonça de son mieux sur la tête. Tous ses camarades de l'imiter aussitôt, chacun de se saisir d'un bonnet de coton et de s'en coiffer. Puis, voilà toute la troupe, ainsi attifée, de se mettre à courir et gambader, grimper aux arbres et s'y pourchasser.

Lorsque notre marchand ambulant s'éveilla, il ne fut pas peu surpris, comme bien on pense, de tout le dégât commis dans sa boutique roulante.

« Il n'y a que des singes qui aient pu venir... », murmura-t-il.

Et en même temps il leva la tête, et aperçut au-dessus de lui les voleurs, ayant chacun son casque à mèche en tête.

« Oh ! »

Et tous avaient l'air de le narguer, de le provoquer, lui faire des grimaces.

« Viens donc les reprendre, les bonnets de coton ! Allons, arrive ! Grimpe ! Cours après nous ! »

Agénor ne riait pas, lui ; il fronçait les sourcils, serrait les lèvres.

« Ah ! les maudites bêtes ! Comment faire pour rentrer en possession ?... Pas moyen ! Voilà tout un assortiment de perdu ! Ah ! les brigands ! Ah ! gredins ! Ah ! si je vous tenais ! »

Et, de rage, Agénor, à défaut de cheveux qu'il ne pouvait s'arracher, saisit son bonnet de coton, et le jeta violemment à ses pieds.

« Ah ! misérables bandits ! » s'écria-t-il.

Mais, à ce moment, comme par enchantement, voilà une véritable pluie de bonnets de coton qui se met à tomber : ce sont les singes qui, fidèles imitateurs de l'homme, se sont empressés d'ôter leurs couvre-chefs et de les lancer à terre, de toutes leurs forces.

C'est ainsi, se plaisait-on à raconter, qu'Agénor Paillotin, que ses concitoyens devaient gratifier plus tard du glorieux surnom de « l'Explorateur », put réintégrer sa marchandise dans sa voiture et reprendre sa route sans plus d'encombre ni de dommages.

L'héritage de M. Grégoire

M. Grégoire, qui remplissait dans ma petite ville les doubles fonctions de carreleur de souliers et de sonneur de cloches à la paroisse de Notre-Dame, habitait tout près de cette église, au rez-de-chaussée d'une étroite maison de la rue de Couchot. Il travaillait devant sa fenêtre, presque toujours ouverte, quelle que fût la saison ; en sorte que, en nous rendant au lycée ou à notre retour, nous l'apercevions, occupé à tirer le ligneul, à battre la semelle ou manœuvrer l'alène et le tranchet, pendant que sa voisine, Mme Cabossel, allait et venait derrière lui et soignait le ménage.

« Bonjour, m'sieu Grégoire !

– Bien le bonjour, mes enfants ! » nous répondait-il de sa bonne grosse voix qui résonnait comme un cuivre.

Sans vouloir médire de lui, il n'était pas beau. Il avait un nez arrondi comme une truffe, et qui, par sa couleur rouge foncé, tirant sur le violet, ressemblait quelque peu à une aubergine ; sa barbe et ses cheveux poussaient sans soins, très drus et tout embroussaillés ; en outre, il était borgne, borgne de l'œil droit. Mais cette laideur et cette infirmité n'altéraient en rien sa joviale humeur, sa verve, ses lazzis ni ses ritournelles.

Comme son ancêtre, le savetier célébré par La Fontaine, il chantait du matin jusqu'au soir, et

C'était merveilles de le voir,

Merveilles de l'ouïr...

Il ne s'illusionnait du reste pas sur ses défauts physiques et vous en parlait lui-même tout le premier sans la moindre honte ni amertume.

« Évidemment, j'aimerais mieux posséder deux bons yeux comme vous, mes petits amis, nous disait-il un jour. Cela ne fait pas de doute ! N'empêche qu'avec mon seul œil, mon seul et unique œil, je vois plus de choses que vous n'en voyez avec vos deux yeux !

– Comment cela, m'sieu Grégoire ? Ce n'est pas possible !

– Ah ! ah ! Cela vous étonne ! Cela vous interloque ! Vous vous figurez que je plaisante, que je mens ?

– Non, m'sieu ; mais... nous ne comprenons pas.

– C'est pourtant bien facile, clair comme eau de roche ! Moi, avec mon seul œil, je vous vois deux yeux, n'est-ce pas ? Tandis que vous, avec vos deux yeux, vous ne m'en voyez qu'un. Est-ce vrai, cela ? Oseriez-vous contester ?... »

Eh bien, tout cet enjouement et cette gaieté disparurent, après un modique héritage que fit M. Grégoire à la mort d'une lointaine cousine. Diverses mésaventures lui survinrent, il perdit le repos ;

Le sommeil quitta son logis :

Il eut pour hôtes les soucis,

Les soupçons...

On eût dit que notre personnage voulait ressembler en tout à son homonyme, le savetier de la fable.

Cette cousine, décédée sans descendance, avait laissé une centaine de mille francs, que le notaire Robinot, par une belle matinée d'hiver, partagea entre quatre héritiers. Pour son compte, M. Grégoire reçut une vingtaine de mille francs – une fortune pour lui. Néanmoins, dans sa prudence et sa sagesse, il décida de ne rien changer à son genre de vie, et de continuer à exercer de son mieux ses deux métiers.

Il n'y avait pas trois jours qu'il était entré en possession de sa quote-part et avait pris cette louable résolution, quand les habitants de la ville furent éveillés en pleine nuit, un peu avant une heure du matin, par les sinistres tintements du tocsin.

« Au feu ! Au feu ! »

Ces cris retentissaient de toutes parts. Cependant on avait beau regarder, on n'apercevait aucune lueur, nul indice d'incendie ; et quand on interrogeait les gens qui couraient et clamaient à travers les rues, ils vous répondaient par les renseignements les plus contradictoires et les plus baroques.

Selon les uns, le feu était dans le faubourg de Couchot ; selon d'autres, dans celui de Marbot ; pour d'autres encore, à l'hôtel de la préfecture, ou du côté des casernes ; d'autres enfin répondaient tout franchement qu'ils n'en savaient rien.

« Alors pourquoi criez-vous ?

– Parce que j'entends *tout le monde* crier ! C'est pour faire *comme les autres !* »

C'était notre ami Grégoire qui était cause de cet émoi et de cette perturbation générale.

Après avoir dîné et passé la soirée en compagnie de ses cohéritiers, amplement fêté avec eux l'aubaine qui leur advenait, il avait regagné ses pénates et s'était aussitôt couché et endormi.

Mais ce sommeil n'avait pas été de longue durée : à minuit et demi Grégoire s'était réveillé, avait frotté une allumette et regardé sa montre, où il avait cru lire sur le cadran six heures trois minutes. Comme l'angelus se sonnait à six heures en cette saison, il sauta aussitôt à bas du lit, maugréant contre son retard, et s'empressa de s'habiller, d'allumer sa lanterne et de courir à l'église.

Le sacristain de Saint-Antoine, paroisse voisine de celle de Notre-Dame, entendant tinter ces trois coups réitérés, s'imagina ouïr le tocsin, bondit hors de sa couche et alla bien vite mettre en branle le battant de sa plus grosse cloche.

À son tour, le sacristain de Saint-Étienne, l'église de la Ville Haute, se hâta d'entrer en scène et de faire chorus.

Le vrai tocsin, celui qui se trouvait dans la tour de l'Horloge, au beffroi de la ville, ne pouvait tarder longtemps, dans de telles conditions, à lancer, de sa formidable voix, ses appels les plus sonores et les plus impérieux.

L'inconscient promoteur de tout ce vacarme, le père Grégoire, finit par prêter l'oreille...

Il venait justement de terminer sa sonnerie accoutumée ; il se hâta de la reprendre en la transformant, de sonner, lui aussi, le tocsin, non sans se demander, comme ses confrères des autres paroisses et comme tout chacun :

« Où donc est-il, cet incendie ? C'est probablement de l'autre côté, derrière l'église, se répondait-il. Voilà pourquoi je ne puis rien voir. »

Mais qu'on juge de la surprise du brave homme, lorsque, le lendemain, après enquête sur le tapage et l'algarade de la nuit, le père Grégoire se vit dresser procès-verbal par M. le commissaire de police Poustor, « pour avoir, à une heure indue, gravement troublé le repos public ».

Il fut condamné à une forte amende, et, de plus, perdit sa place de sonneur de Notre-Dame.

C'était l'usage alors dans cette région de France, même parmi les pauvres gens, de posséder aux abords de la ville un jardin avec ou sans maisonnette, le plus souvent clos de murs ou entouré d'une haie vive – ce qu'on appelait un *terrain*. Chaque famille allait là passer ses jours de fête et ses soirées d'été, on y travaillait, on y jouait, on y mangeait au frais, sous une tonnelle de houblon, un *chambret* de clématite ou de charmille.

Depuis longtemps M. Grégoire caressait le projet d'avoir, lui aussi, son terrain ; et, son héritage à peine en poche, il songea à réaliser ce rêve.

Il découvrit, à peu de distance de chez lui, à un tournant de la côte de Behonne, une jolie propriété à vendre, un jardin de rapport et d'agrément, flanqué d'une vigne et terminé par un hectare de bois. Le site, très abrupt, était des plus pittoresques. De cet endroit on embrassait du regard toute la ville ; on avait à ses pieds le canal d'abord, puis la route dite de l'Ormicé, le chemin de fer et la rivière ; on dominait toute la vallée. Il n'y avait qu'un inconvénient, – mais où n'y en a-t-il pas ? – la pente du sol était des plus rapides, au point que, par les grosses pluies d'orage, les terres risquaient d'être entraînées et de rouler jusqu'au bas du coteau.

Son acquisition faite, M. Grégoire, qui entendait en profiter, se mit sans retard à bêcher, planter, tailler, sarcler ; il avait totalement délaissé son tire-pied et son alène ; il s'efforçait d'oublier pareillement ses cloches, de se consoler de sa révocation ; il arrivait à son terrain dès l'aube, n'en partait qu'à la nuit ; volontiers il s'y serait établi à demeure et n'en fût plus sorti.

Il imaginait quantité de modifications et d'embellissements : ici il voulait une pelouse, là un parterre, plus loin un berceau de verdure, un banc rustique...

C'est précisément pour construire ce banc, qu'il eut l'idée de se servir de blocs de roche qui séparaient le jardin du petit bois et émergeaient à demi du sol.

Il entreprit de déterrer plusieurs de ces blocs et de les transporter, les faire glisser jusqu'au rond-point où il avait dessein d'établir son banc.

Une de ces roches, la plus volumineuse et qui ne mesurait pas moins d'un mètre cube, l'avait particulièrement séduit par sa forme originale et gracieuse ; il était parvenu, après un travail acharné, à la faire sortir de terre, et il s'apprêtait à la diriger vers son nouveau poste, quand elle partit toute seule. Elle s'inclina d'abord doucement sur le flanc du coteau, décrivit une première révolution sur elle-même, puis une seconde, accéléra de plus en plus son mouvement de rotation et de descente, se mit bientôt à bondir et tournoyer comme un énorme ballon, brisant, écrasant ou arrachant tout sur son passage, et elle finit par plonger dans le canal et en crever la digue, à quelques pas d'un bateau qui sortait de l'écluse. L'eau s'enfuit par cette crevasse, alla inonder toute la contrée de l'Ormicé, située en contre-bas du canal : en peu d'instants le bateau fut à sec, le bief vide d'un bout à l'autre.

Il fallut, bien entendu, payer tous ces dégâts.

M. Grégoire eut beau protester, affirmer que ce n'était pas de sa faute, qu'il n'avait pu empêcher...

« Pardon ! Vous n'aviez qu'à ne pas toucher à vos roches, lui répliquait-on ; si vous les aviez laissées tranquilles, celle qui est tombée serait encore en place, et le désastre n'aurait pas eu lieu. »

Tout son héritage s'en alla en indemnités et dommages-intérêts, et il se retrouva aussi pauvre qu'avant.

Par bonheur, M. le curé de Notre-Dame eut pitié de lui. Le successeur qu'on lui avait donné s'acquittait mal de ses obligations ; s'il ne réveillait pas les gens au milieu de la nuit par d'intempestives sonneries, il s'abstenait aussi de les avertir lorsqu'il l'aurait dû ; il se levait trop tard, oubliait qu'à telle heure il devait se trouver au clocher...

Mieux valait le père Grégoire, d'ordinaire si attentif, si exact et scrupuleux, qui n'avait failli qu'une fois.

On le réintégra dans sa charge, on lui rendit son titre de sonneur de Notre-Dame, ce qui fut pour lui la meilleure des consolations, et effaça peu à peu de sa mémoire le souvenir de ce malencontreux héritage, qui ne lui avait rapporté que soucis, tracas et déboires.

La bougie magique

Le comte de Louppy, un des seigneurs les plus en vue de la cour du roi Stanislas, à Nancy, possédait dans le Barrois, non loin des confins de la Champagne, un château où il se rendait chaque année à l'époque de la chasse. Le parc du château attenait à de grands bois qui allaient rejoindre l'immense forêt d'Argonne, et toute cette contrée était alors des plus giboyeuses.

Parmi les invités que le comte de Louppy recevait le plus volontiers, et avec qui il se livrait avec le plus d'entrain au plaisir de la chasse, se trouvait un de ses cousins, le duc de Beaulieu, qui avait longtemps appartenu à la diplomatie et rempli les fonctions d'ambassadeur extraordinaire du roi de France en plusieurs mémorables occasions.

Les deux cousins avaient l'un pour l'autre une très vive amitié, et les quelques semaines qu'ils passaient ensemble chaque année au château de Louppy étaient des plus agréables et formaient les meilleurs jours de leur existence.

Un soir d'automne, ils revenaient tous les deux d'une battue faite sur les bords du grand étang de Morinval, quand, au moment de prendre place à table pour dîner, le comte de Louppy s'aperçut que sa bourse, d'ordinaire placée dans une poche intérieure de son habit, lui manquait.

« Où l'aurai-je laissée ? fit-il.

– Tu ne l'as pas perdue en route ? demanda M. de Beaulieu.

– Non, sûrement. Je l'avais tout à l'heure, lorsque nous sommes rentrés.

– Peut-être est-elle restée dans ton vêtement de chasse ?

– Je me rappelle l'en avoir retirée, l'avoir mise sur la cheminée de ma chambre...

– Combien renfermait-elle donc, ta bourse ? interrompit le duc.

– Quelques louis seulement. Là n'est pas la question. C'est à la bourse même que je tiens. Elle a été brodée à mon intention par ma sœur, ma pauvre Annette ; c'est le seul souvenir qui me reste d'elle, et il ne me quittait jamais.

– Tu as regardé sur la cheminée ?

– J'ai commencé par là, car je suis certain de l'y avoir déposée ; mais je croyais l'avoir reprise, l'avoir sur moi, et pas du tout !

– Tu es sûr de tes gens ?

– Sûr de mon valet de chambre, de Bourgogne, oui ; mais les autres ! Je ne sais pas, je ne puis pas savoir... Évidemment, on me l'a volée, cette bourse ! Je ne l'ai pas perdue à la chasse, puisque, il y a un instant, je l'avais encore... Mais qui me l'a dérobée ? Ce n'est pas Bourgogne, je le connais de longue date, et j'ai toute confiance en lui. Quelqu'un a dû entrer dans ma chambre... Tu ne saurais croire, mon cher, combien je suis contrarié, peiné de cette disparition !

– Eh bien, fais venir les domestiques. Donne l'ordre qu'on les rassemble tous dans une salle du château. J'ai un moyen de découvrir ton voleur, un moyen que je n'ai pas inventé, je te le déclare, que j'ai vu employer à la cour de Naples, lors de ma dernière ambassade. Tu verras ! Laissez-moi faire. »

Tout le personnel du château fut bientôt réuni dans le vestibule, au pied du large escalier. Le comte de Louppy et le duc de Beaulieu se tenaient debout sur les premières marches.

Le duc expliqua en quelques mots à l'assemblée de quoi il s'agissait.

« Un larcin a été commis ; nous en avons, mon cousin et moi, l'absolue certitude. Nous ne soupçonnons aucun de vous spécialement ; nous n'accusons personne ; mais – et ici le duc tira de sa poche une bougie déjà entamée, et qu'il y avait glissée une seconde auparavant – voici une bougie, composée avec une cire spéciale, des ingrédients mystérieux et magiques, et qui a la propriété, lorsqu'elle est allumée, de ne pouvoir être éteinte par aucun souffle, si ce n'est par le souffle du larron de l'objet qu'on recherche. Vous allez donc venir l'un après l'autre dans la salle à manger, et vous subirez cette épreuve en présence de M. le comte et de moi – de nous deux seulement. »

Ainsi fut fait.

Le premier domestique qui se présenta – c'était Bourgogne, le valet de chambre du comte – se sachant innocent, ne craignit point de souffler de toutes ses forces sur la flamme de la bougie. Confiant dans les paroles du duc de Beaulieu, il croyait se justifier ainsi ; mais, à sa grande surprise, la mèche s'éteignit.

« Pourtant, je ne suis pas coupable, je vous le jure ! s'écria-t-il.

– Ne t'inquiète pas, mon ami, répliqua le duc ; ne t'inquiète pas ! Seulement tout cela doit rester entre nous, et il n'en faut rien dire. Nous allons t'enfermer là, dans l'office, et appeler un de tes compagnons. »

Bourgogne parti, le duc ralluma sa bougie et manda un autre des domestiques. Celui-ci, convaincu également de son innocence, souffla avec force sur la flamme, qui s'éteignit comme tout à l'heure, au grand étonnement et désespoir du souffleur.

« Sois sans inquiétude, mon ami, dit de nouveau le duc, et passe là ; va rejoindre ton camarade Bourgogne. Surtout ne sortez pas, ne bougez pas de l'office. »

La bougie rallumée, un troisième domestique fut appelé, puis un quatrième, un cinquième, un sixième, un septième... Toujours la bougie, qui ne possédait aucun sortilège pour résister à l'effet du vent, qui n'avait rien de merveilleux ni de surnaturel, qui n'était qu'une simple bougie, tout ordinaire, enlevée par le duc à l'un des candélabres du salon – toujours la bougie s'éteignait.

Enfin un des derniers appelés, un piqueur appartenant jadis au prince d'Hénin, et qui se trouvait depuis huit jours seulement au service du comte de Louppy, souffla si doucement que la flamme ne fit que vaciller. « Recommençons cela, dit le duc de Beaulieu. Allons, hardiment, mon garçon ! Puisque tu n'es pas coupable, tu ne dois rien craindre. »

Mais le piqueur qui, au contraire, se savait coupable, retenait le plus possible son souffle, ne soufflait que du bout des lèvres, afin de ne pas éteindre la bougie.

« N'allons pas plus loin, dit le duc. C'est toi qui as dérobé la bourse de ton maître !

– Oui, monsieur le duc... La voilà ! » bégaya l'autre tout confus et atterré, en plongeant la main dans sa poche et en en tirant le mignon objet.

– Nous ne te dénoncerons pas, ajouta le comte de Louppy ; ton

aveu ne sera connu que de M. le duc et de moi ; mais demain même
tu quitteras ma maison pour aller te faire pendre ailleurs ! »

Au retour du cimetière, où il venait, en compagnie de ses sœurs et de quelques voisins, de conduire son père, brusquement emporté par une congestion cérébrale, le petit Guillaume Menaucourt annonça à sa grand'maman, sa « bonne maman », qui était paralysée et ne bougeait plus de son fauteuil, qu'il était décidé à partir pour Paris et à se mettre à la recherche de sa mère. Trois semaines auparavant celle-ci avait quitté son chétif logis de la rue des Grangettes, sur les hauteurs de Bar-le-Duc, et s'en était allée, d'après les conseils d'un médecin du quartier, demander aux docteurs parisiens, aux « princes de la science », un allégement à d'intolérables douleurs : des maux d'estomac causés, croyait-on, par un cancer.

Mme Menaucourt avait laissé ses trois enfants, Guillaume, l'aîné, âgé de onze ans, et ses deux sœurs, Alice et Léontine, sous la garde de son mari, alors en excellente santé, robuste, alerte et vaillant ; – et voilà que la mort avait traîtreusement et d'un seul coup fait son œuvre, que les trois enfants étaient soudainement devenus orphelins.

« Il faut que j'aille chercher maman ! »

Telle est l'idée qui s'empara de l'esprit de Guillaume, et la résolution qu'il annonça à sa grand'mère.

Que pouvait la pauvre vieille impotente pour s'opposer à ce dessein ? Elle-même comprenait combien la présence de sa fille était plus que jamais nécessaire à la maison, et s'alarmait et se lamentait de son silence : depuis quinze jours on n'avait reçu d'elle aucune nouvelle.

Le lendemain, dès l'aube, Guillaume se mit en marche, emportant, pour toutes provendes, la moitié de la miche de pain qui restait dans l'armoire. Une voisine, une malheureuse tisserande, dévideuse de bobines ou *caribaris*, avait obligeamment promis de veiller sur la grand'maman et les deux fillettes.

La route, au départ de Bar tout au moins, courait à proximité du chemin de fer, et Guillaume n'avait qu'à la suivre – à suivre pendant soixante lieues. Elle portait d'ailleurs un numéro sur les plaques indicatrices et les poteaux de carrefour : c'était, au début, la *Route départementale no 1*, et notre jeune voyageur savait lire et possédait bon œil aussi bien que bon pied.

Toute la journée il marcha sans s'arrêter, et, la nuit venue, – on était en automne, en octobre, – il avisa sur la chaussée une baraque de cantonnier, ce qu'il appelait une *cabourette*, en son patois lorrain ; et, ayant constaté que la porte de ce réduit n'était que poussée, il y pénétra, tâta sous ses pieds et trouva une couche de paille qui lui servit de lit.

Au petit jour, il reprit sa marche ; mais il n'avait pas seulement bon pied et bon œil, il avait aussi de bonnes dents, un fringant et vigoureux appétit, que le grand air excitait encore ; et la veille, tout en cheminant, il avait dévoré son chanteau de pain, épuisé toutes ses munitions.

La faim commença bientôt à se faire sentir, à l'obséder et à le tourmenter de plus en plus.

« Au premier village que je traverserai, je me déciderai à demander du pain », murmura-t-il.

Mais, ce village venu, il ne se décidait pas, il n'osait pas ; et fermes et hameaux, bourgs et villes se succédaient, sans qu'il eût le courage de heurter à une porte ou d'accoster un passant pour implorer secours.

Vers le soir, il se trouva à bout de forces ; il avait des éblouissements, la tête lui tournait. Pour comble, la pluie, une pluie fine, drue et pénétrante, s'était mise à tomber. Il s'assit sur l'herbe du talus, se blottit contre un arbre.

Si quelqu'un se fût alors montré, oh ! sûrement il se serait enhardi, l'aurait abordé, aurait fait appel à sa pitié... Mais il était en rase campagne, n'entendait aucun bruit de voiture, n'apercevait aucune lumière.

Rien que la pénombre partout, le silence, le froid et la pluie.

Il se leva et repartit.

Une masse confuse de murailles et de toits apparut peu après à ses regards : c'était une ferme, construite à peu de distance de la route. Il se dirigea à travers champs vers cette habitation, et, remarquant une sorte d'appentis en planches adossé au mur extérieur, au pied de la tourelle d'un pigeonnier, il songea à s'abriter sous ce hangar. Mais en ce moment des aboiements éclatèrent de l'autre côté du mur : le chien de la ferme avait flairé sa présence.

Il s'éloigna bien vite, craignant d'être découvert, pris pour un malfaiteur, et ne se sentant décidément pas le courage de demander, de mendier.

La pluie, qui tombait plus fort, le contraignit à essayer encore de se rapprocher de l'abri qu'il avait entrevu, de s'en rapprocher tout doucement, à menus pas.

Mais le maudit chien connaissait son devoir et son métier, faisait bonne et soigneuse garde, et il se remit à japper de plus belle, sans discontinuer, jusqu'à ce que l'intrus eût levé le camp et gagné le large.

Une troisième tentative n'eut pas plus de succès et fut accueillie par le même assourdissant vacarme.

Cette fois la porte de la ferme s'ouvrit et une voix d'homme cria :

« Qui est là donc ? Qui là ? »

En même temps Guillaume vit venir à lui un fort gaillard, nu-tête, qui l'interpella :

« Que fais-tu là, toi, mauvaise graine ? Allons, décampe ! Et rondement ! »

Derrière l'homme une femme s'avançait.

« Quel est ce gamin ? demanda-t-elle.

– Je ne sais pas, répondit l'homme. Quelque jeune traînard, un de ces maraudeurs qui se figurent toujours avoir oublié quelque chose quand ils n'ont rien volé. »

Mais Guillaume s'était fait violence, armé de tout son courage :

« Madame, je... je vous en prie,... murmura-t-il.

– Parle, mon enfant.

– Oui, et dis-nous un peu qu'est-ce que tu as à rôder à c't'heure-ci sur *nos terres* ? repartit le paysan.

– Claudon, ne rudoyez pas ce p'tiot ! Rentrez ; vous lui faites peur ! ordonna la femme. Tu n'es pas du pays ? reprit-elle. Comment te trouves-tu là ?

– Je... Un peu de pain, madame ! implora Guillaume.

– Tu as faim ? Entre, p'tiot ! Viens manger d'abord ; nous causerons après.

– Vous avez de la bonté de reste, m'ame Lhéry, de vous occuper de ce vaurien, et si vot' homme était là...

– Taisez-vous, Claudon ! Si mon mari était de retour, il serait le premier à... Arrive, mon enfant ! Assieds-toi ! »

Et la fermière, Mme Lhéry, ayant ainsi imposé silence à son domestique, installa Guillaume devant la table de la cuisine, à proximité de la haute cheminée, où flambait un clair feu de fagots, et apporta à l'enfant une pleine assiettée de soupe toute fumante.

« Mange, mon fi... Ne te presse pas ! Pas si vite ! Tu nous raconteras ensuite comment tu te trouves à la nuit dans nos parages... Pas si vite ! Tu vas t'étouffer ! »

Le lendemain, Guillaume Menaucourt, reposé et réconforté, reprenait sa route.

Après avoir un instant pensé à dissuader l'enfant de sa téméraire entreprise, Mme Lhéry s'était ravisée ; elle avait embrassé le vaillant petit homme, lui avait insinué sous sa blouse un énorme croûton de pain renfermant une tranche de lard, avait glissé dans sa main quelques sous – on n'est pas riche au village :

« Et bon courage, p'tiot ! Que Notre Seigneur t'accompagne, et qu'il te rende vite ta mère !

– Merci, madame ! Oh merci ! » avait répondu Guillaume.

Et, comme il s'éloignait, la fermière lui cria encore :

« Adieu ! Bon courage, p'tiot ! Et bonne chance ! »

Quand, après trois jours encore d'efforts, de fatigues et de souffrances, Guillaume arriva à Paris et se présenta à l'adresse qu'avait laissée aux siens Mme Menaucourt – rue de Crimée, 82, à la Villette – la concierge lui apprit que la malade avait quitté la maison, l'amie chez qui elle était d'abord descendue, et était entrée à l'hôpital Necker.

Elle lui indiqua la direction de cet établissement.

« Nous n'en sommes pas tout près, mon petit ami. Tu te

renseigneras en route... Adresse-toi toujours de préférence aux sergents de ville... Ne crains pas de les questionner ! »

Guillaume remercia la brave femme, en lui promettant de se conformer à ses prudentes recommandations.

Il longeait le canal Saint-Martin et cheminait sur le quai, près du bord, quand, devant une passerelle, il hésita, voulut rétrograder ; mais à ce moment il se sentit violemment heurté par un passant et il tomba dans l'eau.

Lorsqu'il revint à lui, il se trouvait au milieu d'une grande salle, étendu sur un lit de camp, dévêtu et enveloppé de couvertures. Plusieurs hommes, des sergents de ville principalement, étaient rassemblés au fond de la pièce. On parlait, on discutait.

« J'ai droit à la prime de sauvetage, m'sieu le commissaire, – à mes vingt-cinq francs ! Je connais le tarif ! clamait un individu sordidement accoutré et de vilaine mine.

– Vous ne le connaissez même que trop bien, le tarif ! » riposta le personnage, accoudé sur son bureau, qu'on venait de qualifier de « m'sieu le commissaire ». Vous êtes bien Jupillart Ernest, surnommé le Rabouilleur ?

– Lui-même, en chair et en os, m'sieu le commissaire.

– Déjà le mois dernier vous êtes venu réclamer cette prime... C'était encore un enfant que vous aviez sauvé...

– Je me promène souvent sur le quai du canal... Faut vous dire que j'aime à prendre l'air...

– Il y a trois mois, vous retiriez une petite fille de l'eau, je me rappelle...

– Moi aussi ! J'ai même failli y rester, sous l'eau !

– Vous opérez trop de sauvetages, Jupillart, pour qu'il n'y ait pas là quelque chose de louche... Je n'ai pas confiance, quoi !

– Pas confiance ?

– Non !

– La preuve que vous êtes dans le vrai, monsieur le commissaire, dit un agent de police qui venait d'entrer, c'est que j'ai là deux particuliers qui justement ont assisté à la scène. Ils étaient en train de décharger un bateau, et ils affirment avoir vu le Rabouilleur – ils le connaissent ! – pousser le petit garçon, le jeter à l'eau, puis aller le retirer...

– Afin de pouvoir ensuite réclamer la prime, acheva le commissaire. C'est cela même ! Brigadier, amenez donc ces deux témoins. »

Ceux-ci, introduits sur-le-champ, confirmèrent de point en point le récit du brigadier.

« Vous entendez, Jupillart ? Ce n'est donc pas vingt-cinq francs que vous allez toucher, c'est autre chose... Je vous garde : vous vous expliquerez devant la justice. Reste à savoir à présent, ajouta le commissaire, si ce gamin n'est pas votre complice. Oh ! je ne garantis rien ! Vous faisiez peut-être de moitié ensemble ! »

Mais le magistrat ne tarda pas à être édifié sur la complète innocence de Guillaume. Non, le pauvre petit ne « faisait pas de moitié » avec ce sacripant ; il n'avait avec lui aucune relation, ne l'avait jamais vu.

« J'allais à l'hôpital... chercher maman,... je ne savais quelle rue prendre... »

Un sergent de ville apporta à Guillaume ses vêtements, qu'on avait étalés devant le feu. Il se rhabilla.

« Tu es libre, mon enfant, lui dit le commissaire, et comme tu ne connais pas Paris, je vais te faire mettre sur ta voie... »

Lorsque Guillaume arriva à l'hôpital et s'enquit de sa mère, Mme Menaucourt :

« Mme Menaucourt, née Broises Louise-Anna, de Bar-le-Duc, Meuse ? fit l'employé.

– Oui, monsieur.

– Décédée avant-hier. »

Monsieur Martin-Pêcheur

Le mensonge est un bien vilain défaut, qui joue souvent à ceux qui en sont affligés de fort désagréables tours. C'est leur punition, et quand un menteur est ainsi pris au piège, nul ne le plaint d'ordinaire, et chacun en glose et s'en amuse.

J'en vis un exemple il y a de longues années, près de quarante ans, mais le souvenir de l'aventure m'est encore aussi présent à l'esprit que si elle datait d'hier.

J'avais à cette époque la passion de la pêche à la ligne, et, malgré la grande différence d'âge qui existait entre nous, je m'étais lié avec un de nos voisins, un aimable et placide rentier, qui professait les mêmes goûts que moi, et, comme moi, ne quittait pour ainsi dire pas les bords de notre rivière de l'Ornain ou le talus du canal. C'était là d'ailleurs que nous nous étions rencontrés et avions peu à peu fait ample connaissance.

Il s'appelait M. Martin ; mais, pour le distinguer de ses homonymes, assez nombreux dans la ville, on n'avait pas tardé à adjoindre une épithète à son nom et à le baptiser, d'après la plus constante de ses occupations, M. Martin-Pêcheur.

Il pouvait avoir alors une soixantaine d'années. C'était un homme de taille moyenne, bien pris, vert et vigoureux encore, aux cheveux grisonnants, aux joues couleur de brique et toujours très méticuleusement rasées. Quoique n'ayant guère l'apparence martiale, il sortait de l'armée, où il avait rempli dans les bureaux - intendances ou ambulances - je ne sais quel emploi, et il vivait de sa pension de retraite.

Tant il y a qu'aussitôt hors de fonctions, à peine installé dans notre voisinage, au sommet de la Grand'Rue ou rue des Ducs, M. Martin se consacra tout entier - sauf, bien entendu, durant le temps prohibé - à la pêche à la ligne. Ce goût et cette ardeur pouvaient sembler d'autant plus étonnants qu'ils n'étaient encouragés par rien et que presque toujours notre pêcheur rentrait bredouille.

Mais quels beaux coups il avait manqués ! Que de superbes brochets, de magnifiques truites, d'admirables perches, d'incomparables carpes avaient toujours happé ses amorces, rompu ses lignes, emporté ses hameçons !

« Ah ! il s'en est fallu de bien peu !... »

C'était plaisir de l'entendre narrer ses quotidiennes prouesses et ses non moins continuelles déceptions. Il y mettait un accent de vérité qu'on ne pouvait méconnaître, tout à fait persuasif, émouvant et entraînant : comme beaucoup de ses pareils, M. Martin-Pêcheur finissait par être convaincu tout le premier des mensonges qu'il débitait, par croire que « c'était arrivé ».

Plus que personne Mme Martin – une petite femme toute courte et toute ronde, qui ne sortait jamais qu'en chapeau et endimanchée, et était toujours prête à se remuer, à se trémousser et à sautiller, malgré ses cinquante printemps et son obésité – était accoutumée aux fantasques récits de son mari, et elle ne riait et s'en gaudissait sans scrupule, à son nez, sinon à sa barbe.

« En attendant, tu ne nous rapportes jamais rien ! Pas même une petite friture ! concluait-elle volontiers.

– Mais, ma bonne, ce n'est pas ma faute, répliquait-il invariablement. Ah ! si je ne *les* laissais pas échapper, tu verrais ! tu verrais ! »

Un matin de septembre, M. Martin-Pêcheur reçut une lettre d'un de ses neveux, juge de paix dans le nord du département, du côté de Montmédy, qui l'informait de son arrivée pour le lendemain et de son intention d'aller lui demander à déjeuner. Les deux époux se firent fête de recevoir ce parent, qu'ils affectionnaient beaucoup et n'avaient pas vu depuis plusieurs années. Sur-le-champ, Mme Martin composa le menu du déjeuner en question et se promit de le soigner.

« Nous aurons, dit-elle, un poulet rôti à la broche : je commanderai un pâté chez Gromaire, un de ces succulents pâtés...

– Et moi, je vais aller à la pêche ! s'écria M. Martin. Les truites abondent entre Savonnières et Longeville, assure-t-on ; si je pouvais en attraper une d'une livre ou deux...

– Ce serait trop beau ! acheva madame avec un de ses fins sourires habituels.

– Oui, moque-toi de moi ! À ton aise ! riposta monsieur sans se fâcher. Je vais m'efforcer de te convaincre que je ne suis pas si maladroit...

– Il est temps, mon ami ! »

Jusqu'à quatre heures de l'après-midi, M. Martin-Pêcheur erra, ligne en main, le long de la rivière, entre les saules qui la bordent au-dessus du village de Savonnières, notamment autour des belles fosses, réputées si poissonneuses, qu'on rencontre dans ces parages.

Il n'avait encore capturé qu'un chétif goujon et venait de se poster à un tournant, près de la fosse dite « la Grande-Brèche », quand il vit venir à lui un braconnier et maraudeur – un *bribeur* en patois local – célèbre dans la contrée, et qui répondait au nom de Coquillard.

Tisserand de son métier, mais métier qu'il n'exerçait que par intermittence et rarement, Ulysse Coquillard passait le plus clair de son temps à rôder dans les bois, à plonger dans les biefs du canal et les trous de la rivière, et ne vivait guère que du produit de ses chasses illicites et de ses pêches clandestines. Il avait du reste, à cette époque, de nombreux imitateurs et concurrents, les Garnerot, les Jean le Malabre, etc... qui trouvaient, comme lui, dans nos forêts de Massonges et du Haut-Juré, aussi bien que dans l'Ornain, la Saulx et le canal, leurs moyens d'existence préférés.

Coquillard s'approcha de M. Martin, le salua poliment et lui demanda s'il était content de sa pêche, « si cela mordait ».

« Pas fort ! répondit l'autre tristement, en exhibant son unique et piètre capture. Voilà tout ce que j'ai pris, tenez, Coquillard, et je suis ici depuis ce matin !

– Diantre ! En effet, vous n'avez pas de chance, m'sieu Martin. Il y a cependant du poisson de ces côtés !

– C'est ce que tout le monde prétend, et je serais très désireux d'en avoir aujourd'hui la preuve par moi-même. J'ai demain mon neveu à déjeuner, et je voudrais lui offrir une jolie pièce, un beau brochet, par exemple, ou une truite...

– Je comprends cela ! C'est tout naturel. Allons, il ne faut pas désespérer, m'sieu Martin, ça viendra peut-être. Bon courage ! »

Et Coquillard continua sa marche, et disparut bientôt derrière les saules trapus, échelonnés le long des méandres de l'Ornain.

Mais son souhait ne se réalisa point : la nuit tombait, l'heure de plier bagage sonna, M. Martin-Pêcheur n'avait pour tout butin que son infortuné goujon.

Il s'en retournait mélancoliquement, et néanmoins se disposait sans doute déjà à conter à sa femme, comme toujours, ses mirifiques exploits, inaccomplis et ratés comme toujours aussi, lorsqu'il s'entendit appeler derrière lui : « M'sieu Martin ! M'sieu Martin ! »

C'était Coquillard, qui accourait, tout essoufflé.

« J'ai votre affaire, m'sieu Martin ! Deux belles truites !... »

Et il ouvrit un sac de toile, où l'on entrevoyait deux poissons enveloppés d'herbe.

« Elles pèsent bien deux livres chacune.

– Une livre tout au plus, rectifia M. Martin, empressé déjà de déprécier la marchandise pour la payer moins cher. Et combien en voulez-vous ? ajouta-t-il.

– Dix francs, m'sieu Martin.

– Vous plaisantez, Coquillard. À ce prix, mon garçon, vous pouvez les garder pour vous, vos truites ! » dit M. Martin-Pêcheur en tournant les talons.

Mais Coquillard le ressaisit.

« Combien en offrez-vous ?

– Quatre francs, pas un liard de plus.

– Oh ! Vous n'auriez pas le cœur... Regardez-les donc.

– Je les ai bien vues.

– Soupesez-les un peu.

– Inutile, je me rends bien compte... Je vous en donne quatre francs, Coquillard, et c'est plus cher encore que je ne les paierais chez un marchand de la ville.

– Vous n'êtes pas raisonnable, m'sieu Martin.

– C'est vous, Coquillard, qui ne l'êtes pas !

– Vous qui avez du monde à recevoir demain !

– Précisément ! Vous abusez de la situation...

– Mais non, m'sieu Martin, mais non, je n'abuse pas. Je ne me permettrais pas avec vous... La preuve, donnez-moi cinq francs, et l'affaire est conclue. Osez dire que je ne suis pas accommodant !

– Allons, tenez », fit M. Martin-Pêcheur, décidé à en finir, en tirant de sa poche une pièce de cent sous qu'il glissa dans la main du braconnier.

Il reçut en échange les deux truites, les enferma précieusement dans son panier, puis reprit son chemin et ne tarda pas à réintégrer sa demeure.

Il était tout fier, tout joyeux et radieux.

À peine entré, il appela sa femme, et, clignant malicieusement de l'œil, frappa du plat de la main sur son panier, qu'il portait en bandoulière.

« Ah ! ah ! tu vas voir ! tu vas voir !

– Qu'y a-t-il donc ?

– Tu vas voir ! » répéta-t-il triomphalement.

Et il étala les deux poissons sur la table de la cuisine.

« Sont-elles belles, hein ? »

Mme Martin n'en croyait pas ses yeux et demeurait tout interdite. Jamais elle n'avait assisté à pareille fête.

« Deux... deux truites !

– Oui, deux ! Et de taille, de poids ! Soupèse-les un peu », ajouta-t-il, comme venait de lui dire à lui-même Coquillard quelques minutes auparavant.

« Comment as-tu fait ? bégaya-t-elle.

– Imagine-toi, j'étais près de revenir il y a une couple d'heures, je n'avais encore autant dire rien pris, quand je m'avisai de pêcher à l'amorce vive... tu sais ? avec du fretin, un véron, pour appât. À peine avais-je lancé ma ligne à l'eau... j'étais à la Grande-Brèche... je sens une très forte résistance, je pique ferme, crac ! et je retire... celle-ci, tiens ! Je regarnis mon hameçon, je rejette ma ligne... »

Ici l'orateur, qui, habitué à mentir et à se duper lui-même, s'exprimait avec toute l'assurance que donne la vérité, fut interrompu par un violent coup de sonnette.

« Qui peut venir nous déranger si tard ? » murmura Mme Martin en se dirigeant vers la porte.

C'était Ulysse Coquillard.

« Madame, m'sieu votre mari s'est trompé. Il m'a donné une pièce fausse... On vient de me la refuser à la minute...

– Une pièce ?...

– Fausse, oui, madame. J'étais allé chez Tissopin, le marchand de tabacs du bas de la Grand'Rue ; mais il s'en est aperçu aussitôt... Je viens d'essayer de la glisser à l'épicier du coin, là, au père Lorain ; mais, lui aussi a reconnu tout de suite... Pas mèche !... Elle est en plomb, madame ! Examinez-la !

– Je ne sais ce que vous me chantez, interrompit Mme Martin en congédiant ce vagabond. Il y a erreur. Mon mari ni moi ne vous avons rien donné. »

Mais Coquillard ne lâchait pas ainsi la partie, et il se mit à riposter si vivement et à crier si fort, que toutes les fenêtres d'alentour s'ouvrirent bientôt, et les passants commencèrent à s'attrouper devant la maison.

« Erreur ? Erreur ? Vous prétendez... Non, madame, il n'y a pas erreur ! C'est bien m'sieu Martin qui m'a remis cette pièce il y a un instant... Nous étions dans la côte de Polval... Appelez-le ! Demandez-lui ! Je n'ai pas d'autre monnaie sur moi, pas d'autre pièce que la sienne. Donc impossible de confondre ! Et elle est bien en plomb : voyez vous-même ! Tenez, je vais appeler le père Lorain... Il ne faut pas nier ! Si m'sieu votre mari était là... »

Quand M. Martin-Pêcheur se décida à se montrer, ce fut, je vous prie de le croire, avec la plus penaude et piteuse mine qu'on puisse imaginer.

« Donne-lui cinq francs, dit-il tout bas à sa femme, et qu'il nous débarrasse...

– Mais pourquoi cet argent ?

– C'est pour les truites, madame ! hurla Coquillard, c'est moi qui les ai vendues à m'sieu votre époux...

– Que me parliez-vous plus tôt ! s'exclama Mme Martin. Tout s'explique à présent ! Voici une autre pièce, ajouta-t-elle en remettant cinq francs au braconnier, et elle est bonne, celle-ci, je vous le garantis. Vérifiez-la de près...

– Oui, madame, merci bien.

– Et bien le bonsoir, ajouta Mme Martin en refermant l'huis. Ah ! c'était pour les truites que tu as si dextrement prises à l'amorce vive ? continua-t-elle en toisant son mari et en éclatant de rire. Je me disais aussi : « C'est drôle ! Lui qui rentre toujours avec son panier vide... Enfin, le hasard est si grand ! » Ah ! c'était pour ces deux truites ! Mais, à ce prix-là, mon ami, j'en aurais trouvé de bien plus belles au marché. Une autre fois, je t'en supplie, laisse-moi les acheter moi-même. »

Les cent francs de Madame Ragé

ou

Réfléchir avant d'agir

Mme Ragé ne fut pas peu surprise, en descendant de wagon, à la gare de Bar-le-Duc, de constater qu'il ne pleuvait pas.

Elle arrivait de Revigny, gentille bourgade située à quatre lieues de Bar, et, pour aller prendre le train, trois quarts d'heure auparavant, il lui avait fallu marcher, une bonne partie du chemin, courbée sous son parapluie tout ruisselant d'eau. Elle avait même songé un instant à différer son départ, tant la rafale faisait rage, à regagner la demeure de son frère, d'où elle sortait. Heureusement encore qu'elle avait rencontré sur sa route le père Léchaudel, le commissionnaire de Revigny, qui lui avait offert une place dans sa carriole et l'avait ainsi menée, abritée tant bien que mal, jusqu'à la station.

Et maintenant le vent s'était apaisé, des coins de ciel bleu apparaissaient, le soleil recommençait à briller.

« Ah ! on voit bien que nous sommes en plein mois de mars, dans la saison des giboulées ! » se disait-elle.

Mme Ragé était d'ailleurs enchantée de son voyage à Revigny. Elle était allée conduire sa fille Herminie chez son frère, bourrelier-sellier sur la place de la Mairie, et en même temps toucher, dans l'étude de Me Didelin, le notaire de l'endroit, une créance sur laquelle elle ne comptait plus, une centaine de francs dus jadis à son mari et réclamés en vain depuis plus de dix ans. Ces cent francs, elle les avait reçus en pièces d'or, cinq belles pièces toutes neuves, toutes luisantes et étincelantes, qu'elle avait aussitôt et précieusement renfermées dans son porte-monnaie.

Et, en évoquant ce tout récent souvenir, Mme Ragé glissa machinalement la main dans sa poche pour s'assurer que ledit porte-monnaie s'y trouvait toujours.

Mais non, il n'y était plus !

Elle s'arrêta net, fouilla de nouveau...

Ne l'aurait-elle pas laissé tomber dans le wagon ?

Vite elle rebroussa chemin, et, pendant que les voyageurs se dirigeaient vers la sortie, elle regagna en courant le compartiment qu'elle venait de quitter.

Il était vide. Mme Ragé l'explora d'un bout à l'autre dans tous les sens, se baissa pour regarder sous les deux banquettes...

Rien !

« Mon porte-monnaie a dû tomber là cependant, ruminait-elle ; ce n'est que là que je puis l'avoir perdu. Je l'avais encore tout à l'heure, en quittant Revigny, je me le rappelle parfaitement. Après l'avoir ouvert pour payer mon billet, je l'ai gardé dans ma main... Quelqu'un ne l'aurait-il pas ramassé ? Sûrement on a dû le ramasser ! Un voyageur est descendu derrière moi, un individu de petite taille, qui boitait... J'ai même cru un moment qu'il trébuchait, je me suis retournée... Pas du tout ! Il s'était courbé, avait étendu le bras, tenait quelque chose... C'était mon porte-monnaie ! Mais certainement ! J'y suis !

« Le chef de gare ! Je voudrais parler au chef de gare ! » conclut à haute voix et impérieusement Mme Ragé.

Dès qu'il comprit de quoi il s'agissait, le chef de gare invita la plaignante à renouveler sa déposition devant le commissaire de surveillance, qui se trouvait d'ailleurs à quelques pas de là, dans son bureau.

« Vous êtes bien sûre de ce que vous avancez, madame ? demanda le commissaire. Vous avez bien vu cet homme se baisser dans le wagon, puis se relever, un porte-monnaie à la main ?

– Vu de mes deux yeux, monsieur ! Comme je vous vois !

– Et cet homme est de petite taille, boiteux ?

– Boiteux, oui, monsieur.

– Vêtu comment ?

– Vêtu très pauvrement. Son paletot est tout râpé et a un col de velours éraillé et graisseux ; son chapeau, un ancien chapeau melon gris souris, n'a plus de forme ni de couleur...

– Cela suffit, madame, nous allons faire des recherches. J'ai bien votre adresse : Madame veuve Séraphine Ragé, rentière, rue du Jard, 5, à la Ville-Haute ?

– C'est bien cela, monsieur. »

Mme Ragé, qu'on désignait couramment sous le nom de « Mme Enragée » ou « la mère Enragée », habitait au rez-de-chaussée d'une modeste maison de cette rue du Jard, non loin de l'épicerie Lorain et presque en face de l'entrée du pâquis. On appelait et on appelle encore ainsi une ancienne esplanade plantée de tilleuls et d'ormes, située sur les hauteurs de la ville, sorte de jardin public abandonné, dédaigné des promeneurs élégants, qui lui préfèrent de beaucoup les bords du canal ou le boulevard de La Rochelle, mais que tous les gamins d'alentour connaissent bien et qui leur sert de lieu de récréation, de champ de course et de quartier général. Ah ! les bonnes parties qu'on y faisait, dans ce vieux pâquis ! Que de poursuites, de galopades endiablées, de jeux de cache-cache, de chat perché ou de *dialoupe* ! Que de cris, de querelles et de batailles !

Toute cette jeunesse et ce vacarme causaient le désespoir de Mme Ragé, l'énervaient, l'affolaient, la rendaient vraiment « enragée ». Sans cesse on la voyait, son balai à la main, s'escrimer contre ces garnements ; on l'entendait les apostropher :

« Mauvais sujets ! Polissons ! Ah ! si je vous attrapais ! Si j'en tenais un seulement ! Toi surtout, Varnerot ! C'est toi le plus mauvais, c'est toi qui entraînes toujours les autres ! Oui, je le remarque bien... Je le disais encore hier à ton papa... Méfie-toi ! je te tirerai les oreilles quand je te rencontrerai, mon fi ! »

Mme Ragé était célèbre alors dans toute notre Ville-Haute par sa brusquerie, ses quintes d'humeur, ses violences de langage, ses incartades et bourrasques perpétuelles.

La modération et la circonspection n'étaient nullement son fait ; elle ne savait ce que c'était que réfléchir, observer et peser ses paroles ; pour employer une expression locale qu'on lui appliquait encore volontiers : c'était une *évallonnée*.

De retour au logis, elle s'empressa de compter à tous ses voisins et voisines, au cordonnier Husson, à l'épicier Lorain, à Vosgien le boulanger, au tambour de ville Pichancourt, dit Sans-Façon, à M. Juminel, le suisse de la paroisse, à la sacristine, Mlle Sophie Cabaillot, à tous les passants, à tout chacun, le vol dont elle avait été victime, et naturellement elle ne manquait pas de délayer et enjoliver son récit.

« Oser commettre un tel larcin en plein jour, publiquement, à votre nez, en quelque sorte ! Il faut une audace ! Car autant dire qu'*il* me l'a arraché de force, mon porte-monnaie, c'est tout comme ! Il y a vraiment sur terre des êtres bien dangereux, des criminels, qu'on ne saurait trop châtier !

– Mon Dieu, madame Ragé, répliquait doucement et avec son air placide le brave père Lorain, attendez au moins que la culpabilité de votre voleur soit démontrée !

– Si ce n'était pas lui ? ajoutait de sa voix nasillarde, traînante et solennelle, le tambour de ville Sans-Façon.

– Comment ! Vous doutez ?... Ah ! par exemple !

– Mais, madame Ragé, il ne cesse de nier, lui ! objectait M. Sans-Façon.

– Il proteste sans relâche, de toutes ses forces ! » ripostait M. Lorain.

La police n'avait pas tardé, en effet, à mettre la main sur le voyageur suspect, le petit boiteux, si nettement et véhémentement dénoncé par Mme Ragé.

C'était un ouvrier tailleur qui, n'ayant pu se procurer d'ouvrage à Châlons ni à Vitry, était venu en chercher à Bar-le-Duc.

On l'avait découvert dans une chétive auberge de la rue de Saint-Mihiel, *À la descente des Mariniers*, et, comme on avait trouvé sur lui une somme de quatre-vingts francs en pièces d'or, en pièces neuves précisément, on l'avait arrêté.

Cette somme, s'obstinait-il à déclarer, provenait de ses économies. C'était tout son avoir, ses seules ressources. Il avait amassé ce modeste pécule à Reims, en travaillant spécialement pour des ouvriers de fabrique, qui lui donnaient leurs vêtements à ravauder ; malheureusement la besogne avait fini par manquer. C'est alors qu'il était parti.

Mais, en présence des énergiques assertions de Mme Ragé, le juge qui avait mission d'instruire l'affaire, M. Houzelot, crut devoir retenir le petit tailleur – Jean-Gaspard Sloot, natif de Delft – et on le conduisit en prison, en attendant la continuation de l'enquête.

« Monsieur, ne cessait-il de répéter dans son baragouin, où il mélangeait à plaisir le hollandais, le flamand et un semblant de français ; – monsieur le juge, je vous jure, je suis innocent ! Ce n'est pas moi qui ai dérobé le porte-monnaie de cette dame : j'étais bien avec elle dans le wagon, je me le rappelle, je la reconnais ; je suis bien descendu derrière elle ; mais je n'ai rien ramassé par terre ni ailleurs, absolument rien ! Elle se trompe, monsieur le juge !

– Mais cet argent, ces quatre pièces d'or ?

– Je les ai gagnées à Reims, mises petit à petit de côté.

– Je vous ferai observer qu'elles sont toutes neuves, que la plaignante déclare que ce sont celles-là mêmes qu'elle a reçues de Me Didelin, le notaire de Revigny.

– Ce n'est pas possible, monsieur le juge, je vous l'affirme, je vous le jure ! Elles sont bien à moi. Je suis un honnête homme, qui n'ai jamais fait de tort à qui que ce soit ! » protestait sans relâche l'infortuné petit tailleur.

Or, le dimanche suivant, vers les neuf heures et demie du matin, Mme Ragé s'apprêtait à se rendre à la messe paroissiale, quand M. Lorain lui apporta diverses fournitures d'épicerie qu'elle avait commandées la veille.

« Dépêchons-nous, monsieur Lorain, je suis déjà en retard, et par ce mauvais temps... Quelle pluie, hein ? Ça tombe à verse. C'est fâcheux pour un dimanche, surtout que depuis mon retour de Revigny, depuis mercredi dernier, il a fait si beau !

– Effectivement, on aurait cru l'hiver fini... Et voilà les giboulées qui recommencent.

– Posez tout sur la table, interrompit Mme Ragé. C'est cela ! Attendez ! Je sors avec vous : je n'ai que mon parapluie à prendre. »

Et comme, après avoir fermé sa porte, et au moment de s'engager dans la rue, notre loquace et remuante dame ouvrait son parapluie, le même qu'elle avait emporté à Revigny, quelque chose s'en échappa, qui vint choir aux pieds de M. Lorain.

« Qu'est-ce que c'est que cela ? fit celui-ci en se baissant. Un porte-monnaie !

– Mais c'est le mien !

– Celui que vous réclamiez ?...

– C'est... c'est vrai ! » balbutia-t-elle.

Et comme elle l'entr'ouvrait :

« Voici vos cent francs ! Ils y sont bien... Vos cinq pièces d'or !

– Oui, je... c'est...

– Heureusement qu'il a plu aujourd'hui, madame Ragé, continua le père Lorain, et que vous êtes obligée de sortir, autrement vous ne vous seriez pas encore aperçue de la chose, et vous continueriez à accuser ce pauvre diable... Votre porte-monnaie – c'est bien facile à comprendre – a glissé dans l'intérieur de votre parapluie l'autre jour, votre parapluie que vous veniez de fermer en montant en wagon, et que vous teniez entrebâillé contre vous. Vous n'avez pas eu besoin de le rouvrir en arrivant à Bar, puisqu'il faisait beau temps, comme vous venez de le rappeler, et, sans la pluie de ce matin, vos cent francs seraient encore cachés là ! »

Ces cent francs, il fallut, sur le conseil même de M. le juge Houzelot, les verser au petit tailleur pour l'indemniser du préjudice que lui avait causé Mme Ragé avec ses accusations aussi imméritées qu'acharnées.

« Il m'avait pourtant bien semblé le voir...

– Ah ! vous dites « semblé » à présent, tandis qu'auparavant vous n'hésitiez pas, vous prétendiez formellement et affirmiez mordicus l'avoir vu, vu de vos propres yeux, ramasser votre porte-monnaie. Je vous engage, madame, acheva M. Houzelot, à vous montrer une autre fois plus circonspecte et mieux avisée, à ne pas oublier l'antique devise de notre contrée : *Plus penser que dire*, et, par suite, surtout quand il s'agit de l'honneur d'un de vos semblables, à mûrement réfléchir avant d'agir. »